Cumpleaños

Alfaguara es un sello editorial del Grupo Santillana
www.alfaguara.com.mx

Argentina
Av. Leandro N. Alem, 720
C 1001 AAP Buenos Aires
Tel. (54 114) 119 50 00
Fax (54 114) 912 74 40

Bolivia
Avda. Arce, 2333
La Paz
Tel. (591 2) 44 11 22
Fax (591 2) 44 22 08

Chile
Dr. Aníbal Ariztía, 1444
Providencia
Santiago de Chile
Tel. (56 2) 384 30 00
Fax (56 2) 384 30 60

Colombia
Calle 80, 10-23
Bogotá
Tel. (57 1) 635 12 00
Fax (57 1) 236 93 82

Costa Rica
La Uruca
Del Edificio de Aviación Civil 200 m al
Oeste
San José de Costa Rica
Tel. (506) 220 42 42 y 220 47 70
Fax (506) 220 13 20

Ecuador
Avda. Eloy Alfaro, 33-3470 y Avda. 6 de
Diciembre
Quito
Tel. (593 2) 244 66 56 y 244 21 54
Fax (593 2) 244 87 91

El Salvador
Siemens, 51
Zona Industrial Santa Elena
Antiguo Cuscatlan - La Libertad
Tel. (503) 2 505 89 y 2 289 89 20
Fax (503) 2 278 60 66

España
Torrelaguna, 60
28043 Madrid
Tel. (34 91) 744 90 60
Fax (34 91) 744 92 24

Estados Unidos
2105 N.W. 86th Avenue
Doral, F.L. 33122
Tel. (1 305) 591 95 22 y 591 22 32
Fax (1 305) 591 91 45

Guatemala
7a Avda. 11-11
Zona 9
Guatemala C.A.
Tel. (502) 24 29 43 00
Fax (502) 24 29 43 43

Honduras
Colonia Tepeyac Contigua a Banco Cus-
catlan
Boulevard Juan Pablo, frente al Templo
Adventista 7o Día, Casa 1626
Tegucigalpa
Tel. (504) 239 98 84

México
Avda. Universidad, 767
Colonia del Valle
03100 México D.F.
Tel. (52 5) 554 20 75 30
Fax (52 5) 556 01 10 67

Panamá
Avda. Juan Pablo II, no15. Apartado Postal
863199, zona 7. Urbanización Industrial
La Locería - Ciudad de Panamá
Tel. (507) 260 09 45

Paraguay
Avda. Venezuela, 276,
entre Mariscal López y España
Asunción
Tel./fax (595 21) 213 294 y 214 983

Perú
Avda. Primavera 2160
Surco
Lima 33
Tel. (51 1) 313 4000
Fax. (51 1) 313 4001

Puerto Rico
Avda. Roosevelt, 1506
Guaynabo 00968
Puerto Rico
Tel. (1 787) 781 98 00
Fax (1 787) 782 61 49

República Dominicana
Juan Sánchez Ramírez, 9
Gazcue
Santo Domingo R.D.
Tel. (1809) 682 13 82 y 221 08 70
Fax (1809) 689 10 22

Uruguay
Constitución, 1889
11800 Montevideo
Tel. (598 2) 402 73 42 y 402 72 71
Fax (598 2) 401 51 86

Venezuela
Avda. Rómulo Gallegos
Edificio Zulia, 1o - Sector Monte Cristo
Boleita Norte
Caracas
Tel. (58 212) 235 30 33
Fax (58 212) 239 10 51

Carlos Fuentes

Cumpleaños

ALFAGUARA

© Carlos Fuentes, 1969
© De esta edición:
Santillana Ediciones Generales, S. A. de C. V., 2008
Av. Universidad 767, col. del Valle,
México, D. F., C. P. 03100, México.
Teléfono 5420 7530
www.alfaguara.com.mx

Primera edición: julio de 2008

ISBN: 978-970-58-0094-8

Diseño de forros:
Proyecto de Leonel Sagahón
Cubierta:
Leonel Sagahón

Impreso en México

A Shirley MacLaine,
recuerdo de la lluvia en Sheridan Square

Hambre de encarnación padece el tiempo.

OCTAVIO PAZ, *Ladera Este*

Un viejo está sentado en una silla en el centro de un cuarto desnudo y sombrío. Las ventanas han sido tapiadas. Un gato ronda los pies desnudos del anciano. En un rincón de la penumbra, una mujer encinta, despeinada, descalza, juguetea estúpidamente con sus faldones rotos y canturrea una letra aprendida en las fiestas estivales de una aldea sin nombre. El rostro del viejo se contrae con un esfuerzo sobrehumano. Más tarde, la mujeruca se saca de entre los senos cinco naipes gastados, cinco barajas de esquinas rotas y los va arrojando, uno tras otro, sobre el piso de piedra. No puede decir los nombres de las figuras, pero cada una le alegra la mirada idiota: el tigre, el búho, la cabra, el oso, el dragón. La concentración del pensamiento brilla en la pálida frente del anciano. No se mueve. Viste un hábito monacal y apoya las manos, tenazmente, sobre los brazos de la silla . . . . . .
. . . .
. . . .
. . . . Son las siete de la mañana y no se escucha nada pero un rectángulo rojo y brillante se enciende y se apaga y al encenderse permite leer la palabra Alarm. Una mano femenina se acerca al reloj, acaricia el cua-

drante, detiene la alarma. Luego la mujer se dirige a la otra cama, se inclina sobre el hombre que en ella duerme, le toca suavemente el hombro:

—… años… años… años…

La voz llega sofocada, lejana, incapaz de divorciarse del sueño.

—¿Eh?

—… años… años… años…

—¿Qué?

Ella se encoge de hombros; se lleva un dedo a los labios.

—Sssshhh…

—¿Qué?

—Claro. Lo has olvidado.

—¿Qué?

—Hoy es el cumpleaños de Georgie.

El hombre se sienta al filo de la cama y deja que los pies desnudos acaricien el tapete de vicuña. Pasea la mirada por la recámara. Sin mirarla. La mujer se acerca sigilosamente con un bulto, una envoltura de papel alegre, grandes listones de seda amarilla, entre las manos; toma al hombre del brazo, tira de la manga del pijama, lo obliga a levantarse.

—Date prisa, Georgie. El niño va a despertar.

Él no sentía sus propias piernas. Quiso asomarse a la ventana, admirar el sol fugitivo de un memorable verano inglés.

—En seguida, Emily, en seguida…

La sigue. Fuera de la recámara, por el pasillo, hacia otra puerta.

—Por favor regresa temprano esta tarde. Por caridad. La fiesta de cumpleaños es a las seis. Te lo ruego.

—Lo siento. No podré llegar hasta la noche.

—Piensa en tu hijo… Vas a desilusionarlo.

—Sabes bien que no puedo salir de la oficina antes de las siete.

—Tú y tu oficina…

—¿Te parece mal un marido trabajador?

—¿Trabajo? Permíteme que me ría.

—Diversión, entonces. De todos modos tu padre no rechaza los dividendos.

—Bastardo desgraciado. Yo tuve que convencer a papá de que te prestara el dinero para montar el estudio.

—Está bien, Emily.

—George, no hay ninguna razón para que un padre no esté presente en la fiesta de cumpleaños de su único hijo…

—¿Sabes algo, Emily? Naciste para dar fiestas.

—Igual que tu madre.

—¿Qué dices?

—Que tu madre me arrastraba a cuanta cochina fiesta de aniversario se le…

—Deja en paz la memoria de mi madre.

—Sssshhh… Cálmate y no olvides comprar los boletos para nuestra vacación en la costa yugoslava.

Se detienen frente a otra puerta. Ella le da el paquete al hombre; los dos entran a una recá-

mara clara, con las paredes cubiertas por papel
con dibujos de feria, circo, carrusel, cantando,
ella conmovida y trinante, él ronco y desafi-
nado,

> Happy birthday to you,
> Happy birthday to you,
> Happy birthday dear Georgie,
> Happy birthday to you . . . .

. . . .

. . . . Tocan a la puerta de la
recámara. El viejo abre los ojos. La mujer, amedrentada, se aparta la cabellera de los ojos, gruñe,
se pone rápidamente unas zapatillas viejas, enlodadas. Un plato de latón es pasado por debajo de
la puerta. El anciano vuelve a cerrar los ojos, sus-
pira, se levanta. Camina con un paso cansado
hasta la puerta, se inclina, y recoge el plato de
bordes sebosos, mira con desdén el frío cocido de
cordero. Toma una pequeña pieza y la come.
Luego pone el plato en el piso. El gato se acerca
a él y come. La mujer mira hacia el plato y hacia
el animal. Se acerca en cuatro patas, acerca la
boca al plato y devora el cocido, junto con el
animal. El viejo vuelve a cerrar los ojos. Distraído,
imagina lo que hay detrás de las ventanas: las
antiguas ciudades de piedra, las bóvedas, los llanos amarillos, el mar. Hace tanto que no lo ve. Se
aprieta los párpados con el pulgar y el índice.
Murmura: Si alguien dice que la formación del
cuerpo humano es la obra del diablo y que las
concepciones en el útero de las madres son for-
madas por el trabajo de los demonios, anatema
sea, anatema sea . . . .

. . . .
. . . . . Al despertar supe que no había pasado un día. Quiero decir que la memoria de mi despertar anterior era demasiado inmediata, demasiado contigua. O quizás un reloj interno (la arena que aún velaba mi vista de vidrio) me advirtió que el tiempo entre el amanecer que recordaba y la noche que vivía era demasiado breve; casi imposible. Sigo acostado, temblando, abrazado a mí mismo, a mis piernas, con las rodillas cerca del mentón. Pero puedo reflexionar: probablemente la noche que me rodea ha sido creada y yo mismo, al imaginarla, la aumento.

¿Qué hay detrás de los gruesos cortinajes? No puedo comprobar si ocultan al sol o a la luna. Un ligero dolor reumático en el hombro izquierdo me asegura, sin embargo, que estoy viviendo un clima distinto. No el mar, que suele liberarme: un río precipitado, un vidrioso lago, una amenaza de tormenta. Tales son las vecindades que sospecho. Es inútil. Al abrir los ojos, no sólo dejo de contar el tiempo. Miro lo que nunca he previsto o soñado.

Más bien, soy mirado: por el niño que está sentado junto a mi cama. Sólo distingo las evidencias: el fleco recortado, el traje azul de marinero, el silbato blanco que cuelga sobre el pecho del muchachito… el esfuerzo enorme que hace para poder sonreír en el instante en que por primera vez lo miro . . . .
. . . .
. . . . ¿Quién podría arrebatarme el privilegio del asombro?

Todo: mi memoria demasiado próxima, la creciente certeza de que desconozco los parajes, la casa, la alcoba, el clima mismo; la presencia del niño vestido de marinero; la sospecha de que no he llegado aquí por mi voluntad y la incertidumbre, por el contrario, sobre las maneras como pude ser trasladado hasta aquí; todo me hace dueño cierto, absoluto, de mi propia sorpresa. (Hay un olor a ceniza fría; no tengo hambre.) Todo, menos algo que podría ser nada: la mirada del niño, tan asombrada (me parece) como la mía.

Los músculos de su rostro mofletudo y terso se contraen en pequeños espasmos, anuncio, a veces, de llanto; a veces, de risa forzada. Sus manos juguetean nerviosamente con el silbato. Está sentado sobre un taburete de brocado, con una rodilla doblada, una pantorrilla escondida bajo el muslo de la otra pierna y los pies —altas medias de popotillo blanco, zapatos de charol con hebilla de moños— tensos, como las patas de un gato.

Me mira como si hubiese dejado otras ocupaciones más apremiantes y gozosas (¿jugar, precisamente con un gato?: comienzo a percibir ese olor de orines, a notar los rasguños equiparables en las rodillas del niño y en el brocado del taburete) para ocuparse de mi sueño. Para estar presente en mi despertar . . .
. . . .
. . . . Ahora inclina la cabeza con una cortesía reciente; posee un casco de pelo rubio, cortado en fleco

sobre las cejas y en dos breves alas de cuervo (cuervo blanco, me digo, ave incierta) junto a las orejas. Es natural que me dé la bienvenida. Ésta debe ser su casa. De todas maneras, él estaba aquí antes que yo. Será el primer ocupante. Es natural.

No lo es que añada, en seguida, con su mejor voz de día de visita: Qué bueno que has regresado.

Entonces vuelvo a adueñarme de mi privilegio . . . . El niño me dijo, deben descansar. La cercanía de la memoria me impulsaba a salir de allí. A regresar. Le dije que debía regresar. Él insistió, con su serenidad reservada para las grandes ocasiones: debía descansar. ¿Cómo había llegado hasta aquí? Un grave accidente, un accidente grave, repitió, invirtió, mi pequeño espectador. Miraba nerviosamente hacia las cortinas; quizás el pobre tampoco sabía si afuera nos vigilaba un pálido sirviente o un brillante sátrapa . . . . Le he pedido algo de comer. El niño ha mirado desconsoladamente hacia los rincones más turbios de esa recámara . . . . ¿O se prolonga esa penumbra artificial en el mundo exterior y fingimos, él y yo, seguir viviendo porque hemos olvidado que fuimos sobrevivientes? Acostado, inmóvil, pienso que sólo un postulado catastrófico podría, acaso, explicar nuestra presencia juntos: el niño habría despertado un minuto antes que yo; ese instante pudo parecerle más largo que cualquier eterni-

dad anterior: esperar un minuto a que otro hombre (el único) despierte... Dueño de mi asombro, primero, y ahora de esta singularidad compartida: inmersos el niño y yo en la gran penumbra final del mundo . . . .
. . . . . Él me mira y yo imagino . . . .
. . . . Hablo y pienso siempre de una memoria contigua y quizá sólo invoco una vida brutalmente interrumpida, hace siglos: el tiempo inmediato se parece más al lejano, en medio quedan los pantanos del olvido, siempre supe que la madurez es una manera de recordar claramente todo lo olvidado (todo lo perdido): la infancia regresa cuando se envejece, en la juventud la rechazamos. Creo que cerré los ojos, dispuesto a aceptar mis banales explicaciones, convencido de que no tendría sentido acoger el insistente impulso de levantarme y regresar a . .
. . . . mi casa. Murmuré esas dos palabras. Abrí los ojos, fortalecido; una urgencia inexplicable me animaba a levantarme, salir, regresar . . . . ¿a dónde? Sé que hace apenas un instante pude pronunciar dos palabras.

Abrí los ojos. El niño estaba sentado en el regazo de una mujer. No he podido reconocerla. Entonces no somos los únicos sobrevivientes . .
. . . .
. . . . La mujer acarició al niño acurrucado contra su pecho. No intento describirla para mí; y para el niño es una presencia consabida, anterior a mi arribo; entrañable y por ello, en cierto modo, dispensable. Pude creerlo porque el niño, abra-

zado a la mujer, dirige sus miradas, con particular intensidad, a mí. Y no quiero describirla por otra razón. Supe entonces que esa belleza sólo podría descubrirse poco a poco. Supe que debía esperar su momento culminante y resignarme, después, a un retorno de su misterio privativo. Misteriosa y dispensable: única y repetible, singular y común. Así lo sentí de inmediato. Tan difícil de penetrar que hacerlo debería agotarme. Nos salvaríamos de la fatiga con una afectuosa indiferencia. Quizá eran sus hábitos los que me acercaban a esa idea. Deben existir fotografías viejas en las que las mujeres de otra década combinan de esta manera los signos de la gestación, el servicio y el luto.

Vestida de negro hasta los tobillos, calzada de negro, con medias negras, su oscuro y ancho ropón poseía dos enormes bolsillos laterales. Imaginé cupo, dentro de ellos, para manojos de llaves. Muchos. También libretas y lápices. Y tijeras. Cabrían listas de compras, recibos de tiendas, lupas y cintas métricas. Pero no eran estos detalles, ciertos o posibles, los que singularizaban el aspecto de la mujer, sino la banda fúnebre que ceñía su cabeza, apretaba sus sienes, ocultaba su frente y se amarraba cerca de la base del cráneo: un listón, delgado y ancho, de seda negra, digno de una ofrenda triste y definitiva, del cual surgía, erizada, la cabellera cobriza, atenazada.

Lo diré, en fin: en los ojos negros había un sueño infatigable, en los labios una obstinación libre y enferma, en la piel una palidez de gesto oriental, en las manos un brillo de astro moribundo.

El niño estaba mirándome, pero sus ojos no eran los del asombro, el llanto, la risa o la complicidad. Eran una indicación: su insistencia terminó por turbarme, por conducirme a la otra mirada, la de la mujer. La mujer no me miraba. Y no me miraba sabiendo que yo estaba allí. No me miraba porque no sabía que yo estaba allí .

. . . .

. . . . Su familia será debidamente notificada, dice (me dice) el niño del traje marinero, abrazado al cuello de la mujer de la banda negra; ella lo escucha con paciencia, pero cuando el niño repite la frase, le pega afectuosamente sobre el muslo: ya sabes que no me gusta ese juego.

El niño se aparta de ella, se levanta la manga del traje y le muestra (me muestra) una herida fresca en el antebrazo. La mujer gime, amedrentada, desobedecida.

—¡Has salido de nuevo!

—Sí, Nuncia.

—Me has desobedecido.

—No, Nuncia.

—Quisiera creer que sólo has jugado con el gato.

—Sí y no, Nuncia.

—¿Por qué miras tanto a esa cama? ¿Quieres acostarte ya? Sabes muy bien que éste no es tu cuarto.

—Todavía no.

—Ven, acurrúcate. ¿Qué quieres hacer?

El niño levantó los brazos y encogió los hombros, hizo una mueca de picardía y la mujer rió mucho. Luego me dieron la espalda . . . . .

. . . .

. . . . ¿Cómo comu-
nicarles que siento sed y hambre? Una invencible
vergüenza me impide hacerlo. Sería admitir algo
que no debo. Sería catastrófico . . . .

. . . . Es terrible desconocer, por dentro y
por fuera, la estructura de la casa que se habita.
Yo no podía imaginar la de ésta. Me levanté, dejé
atrás la cama; me dirigí hacia unas cortinas, cerca
de mí un círculo de penumbra ocultaba a un
niño y a una mujer . . . .

. . . . La mujer rió
mucho, movió de una manera peculiar el hombro y dejó que el gato negro se deslizara por el
brazo derecho. El seno redondo, pesado, enrai-
zado bajo la axila, saltó erguido, excitado antes de
que el niño acercara sus labios húmedos y frescos
al pezón. Nos hemos bañado en un río de críme-
nes, terciopelos y hierbas ecuatoriales . . . . . .

. . . . Empiezo a investigar la forma
de la casa. Investigo, pero no descubro. Probablemente lo que me impide observar con lucidez es
la excesiva conciencia que tengo de una duda: no
sabría decir si estoy vestido o desnudo. No me
basta mirarme; la vista no me resuelve el problema. Recorro los pasajes de la casa (de algún
modo debo nombrar a estos conductos que me
llevan de ninguna parte a ninguna parte) con la
pesadilla indisoluble (éste es mi acertijo menos
resistente) e intangible sobre los hombros, como
una liviana capa de metal. Si imagino que estoy
vestido, temo: que este lugar y este tiempo, para

ser reconocidos y acaso redimidos, exijan una entrega idéntica a la desnudez; cualquier pudor sería un contrasentido, una manera de negarle a lo que verdaderamente existe una visión sin apariencias. (Lo que verdaderamente existe: este tiempo y este espacio que empiezo a sospechar exigentes, no porque sean totales, sino porque apenas balbucean, para mí, su primera necesidad de ser.) Si imagino que estoy desnudo, temo también: las miradas, ofendidas o salaces, de esa pareja cubierta de trapos negros, moños, ribetes, medias, bandas fúnebres . . . .

. . . . . Toleré la escena durante algunos segundos: ella reía, reteniendo la risa, haciéndola espumosa a fuerza de retenerla en el pecho, cerca de los labios del niño, sumando ese temblor solar al del pezón dócil, sometido a su propio placer. Recuerdo que hay madre. Recuerdo que hay nana. ¿Una hermana mayor que se permite jugar inocentemente con el hermanito que se niega abandonar las costumbres de la infancia? ¿Costumbre o necesidad?: el niño se había olvidado de mí, estaba entregado a su primer instinto y el acto borraba de sus labios toda intención de burla (hacia mí) o de lascivia (hacia... Nuncia: aceptaré el nombre que el niño le da, un nombre que nada dice sobre la sangre o el trabajo, y por la sangre o la ocupación he de descubrir quiénes son mis anfitriones).

La toleré. No dejé de soportarla porque el hecho físico me repugnase, tampoco porque lo estaba deseando (¿quién es Nuncia? ¿es siquiera hermosa?; aún no lo sabía; pero mi indiferencia debió advertirme que sólo podía, a un tiempo, dejar de rechazar y dejar de envidiar algo que ya me había sucedido) sino porque cuando el niño se perdió entre los pechos de la mujer, dejó de mirarme y esta ausencia me provocó un frío intenso, una intolerable soledad: la noche se había duplicado.

Alrededor de la mujer y el niño abrazados, la sombra creada por los cortinajes ciñó una segunda vestidura: esa oscuridad era la aliada de Nuncia (lo comprendí sin esfuerzo); ella lo convocaba para que el niño dejase de mirarme, para que el acto no fuese una provocación, una exhibición, un desafío dirigidos a mí: para que esos besos se consumieran en sí mismos, sin testigo. Ella lo había dicho: Ya sabes que no me gustan esos juegos. Pero esa mirada, ¿no era también una forma del presagio? Inadvertido por el mundo que era, ¿tenía yo otra posibilidad de encarnación que no fuese la mirada del niño?

Me levanté y caminé hacia las cortinas. No supe si estaba vestido o desnudo. No importaba. Ellos no me miraban, yo no los miraba, yo no me miraba. Si las cortinas velaban un secreto, no tardaría en saberlo. Me detuvo la defectuosa construcción de mi pensamiento: el cortinaje no ocultaba un secreto, sino una evidencia. El secreto, de haberlo, existiría de este lado de las cortinas, de nuestro lado.

Las aparté. Cubrían un inmenso muro de ladrillo sin pintar . . . .
. . . .
. . . . Quise imaginar una catástrofe.

La hipótesis era demasiado fácil. En cambio, la real impresión es difícil de comunicar. Durante esta hora imprecisa he recorrido vastas galerías que conducen siempre a un punto muerto, como el muro de ladrillo detrás de las cortinas. No hay ventanas en la casa; no obstante, es posible desembocar, sin previsión, en un jardín sin cielo, rodeado de loggias y sembrado en el centro de un sexágono de murallas lisas, de piedra carbonizada, que se levantan sin interrupción hacia un firmamento diferente, desconocido, semejante a una bóveda de estaño.

Sin embargo, todo crece y todo corre en el jardín: así los geranios como los surtidores, el sauce excéntrico como las hormigas. Pero basta caminar un trecho por él, para que los pies levanten la ligera capa de polvo; debajo de ella, hay un piso estéril de ladrillo y argamasa. He conocido ciudades similares, no tengo por qué imaginarme en un lugar de excepción. El palacio de Diocleciano, en Spalato, es la moderna ciudad dalmática de Split: los corredores, allí, son las calles; las plazas públicas, los patios; las basílicas imperiales, los templos comunes; las cocinas del monarca, las fondas de pueblo; los salones y cámaras, las actuales habitaciones de los zapateros, pescadores, popes y vendedores de tarjetas postales; las murallas que sufrieron los embates bárbaro, véneto e islámico, el sencillo paseo dominical de los hombres modernos. Split es una ruina viva; un palacio que nunca dejó de estar habitado y que a las heridas naturales del tiempo abandonado ha añadido las cicatrices del uso cotidiano,

continuado durante dieciséis siglos. Menos
pudo, para marcar al palacio, el puro transcurso
del tiempo interminable, que las veloces llagas
impuestas a sus fachadas por una riña pasajera,
los gritos de los ofrecimientos ambulantes, las
travesuras de los niños, las palabras de los aman-
tes, el humo de las frituras. Y así, en la Puglia,
Federico de las Dos Sicilias mandó construir en
la única cima de esos llanos amarillos, donde
apenas se atreven a levantar cabeza los humildes
trulli de piedra abovedada, el más alto palacio de
la cristiandad meridional, Capodimonte, inmenso cubo de piedra cuyas cámaras circulares
desembocan, indefectiblemente, en un patio
solitario, rodeado de ocho murallas sin ventanas.
Pero desde allí, situado en el centro del patio
desnudo, si se observa la eternidad mutante de
los cielos . . . . Su
rostro fue bañado por el sol memorable de un
verano . . . . Observé
otros hechos. Los menos singulares son de orden
topográfico y por ello discernibles a simple vista.
Por ejemplo: los corredores, trazados en línea
recta, tienen esquinas. No me refiero a simples
adornos o salientes a lo largo del paisaje indife-
renciado; quiero decir que, caminando en línea
recta, se llega a esquinas delgadas como una lá-
mina pero impenetrables como un contrafuerte.
Obstáculos a la vez infinitamente esbeltos y ab-
solutamente gruesos que es preciso doblar, como
verdaderas esquinas, en un instante de insensible
violencia, a fin de proseguir el camino derecho
de la galería.

Diríase que esas falsas y, no obstante, tan ciertas esquinas, aún no optan por su propia naturaleza: no saben si desvanecerse o adquirir la permanencia de un monumento. Empiezo a creer, cuando franqueo esas barreras dudosas, que existen aquí monumentos en proceso de formarse, de decidir su propia grandeza o inmortalidad. Sucede también que las galerías se van angostando sin propósito visible, hasta un grado en que sólo es posible recorrerlas de lado, con las manos abiertas contra el costado posterior y los labios rozando el anterior: así, me veo obligado a caminar dentro de esta capitosidad extrema, dentro de esta respiración de piedra, como lo haría a lo largo de una cornisa altísima, con los ojos cerrados, aterrado por el vértigo. El símil no es ilusorio, pues puede suceder que, apenas salido del estrecho pasaje, éste, en efecto, se convierta en un alero sobre un precipicio: entonces debo cerrar realmente los ojos, no sin antes haber vislumbrado el terror, más histórico que físico, de ese acantilado de piedra blanca que pugna, en un contraste secular, contra la casa que se levanta sobre sus yacimientos. He podido adivinar, en esos instantes de respiración cortada, que la piedra es más antigua que la casa; la sostiene con rencor. Y mi miedo se agranda cuando me doy cuenta, aquí como en el jardín, que la piedra del precipicio existe, como la casa, bajo un cielo artificial.

Esta caída abismal no es de otra naturaleza; sólo es de otro tiempo. Un tiempo sin habitáculos. La roja cólera de la piedra bruta es como la rabia de una madre desposeída: su permanencia no es más que un deseo de volver a ser habitada . . . . El enigma del jardín amurallado. Repito: éste no es un invernadero, ni un espejismo, sino un verdadero jardín, tal como puede encontrarse en cualquier suburbio de . . . . Londres . . . . Nada falta en él; sobre todo, no faltan ni el sol ni el aire. Pero su origen es invisible; no se puede trazar un arco imaginario que conecte la luz de las plantas con un astro nutricio, ni el movimiento del agua con un sirocco caprichoso . . .

. . . .

. . . Trémulo, recorro la cornisa como la razón y el sentimiento de la propia sobrevivencia (casi idéntica a aquélla) me dictan que debo hacerlo: con los pies muy juntos, moviendo primero el derecho y luego el izquierdo hasta reunirlos de nuevo, con las manos abiertas y pegadas al muro, con la cabeza levantada y los ojos cerrados.

Repito infinitamente la operación hasta toparme, en sentido estricto, con la ansiada solución: mis labios vuelven a rozar la pared anterior, opresivamente cercana, remotamente acogedora. No me atrevo aún a abrir los ojos: esta proximidad es tan asfixiante como aquella vertiginosa lejanía. Pero cuando mis labios se liberan, sé que estoy de nuevo en los pasajes de esta casa o ciudad; continúo sabiendo que todo lo que parece exterior o subterráneo es, simultáneamente, interior y aéreo. Empiezo a imaginar que la simultaneidad que percibo no es gratuita; es sólo el signo más aparente de que esta casa, al mismo tiempo (en el mismo espacio) está hecha; sólo que toda su minuciosa factura anterior es como una preparación para ulteriores construcciones, acaso interrumpidas (acaso, aun, impensadas). Esas murallas ciegas, de ladrillo, escondidas detrás de ricos cortinajes, podrían cerrar un pasaje para siempre; podrían, igualmente, ser la transitoria reparación, el paréntesis, de una nueva antesala.

Antesala, compás de espera: todo está construido como un olvido o una previsión, todo está habitado provisionalmente. ¿Por qué hay una gran cama de cobre (la mía) con mosquitero y polvoso toldo, en lo que pasaría por ser la cocina de la casa, si sus viejas estufas de brasero no ocultasen, bajo las parrillas, una ceniza demasiado fría, demasiado vieja? ¿Por qué hay una tina con patas y grifos dorados en el centro de la mohosa biblioteca cuyos títulos resultan ilegibles detrás de las rejillas de alambre donde las arañas tienden sus telas? ¿Por qué hay un armario lleno de ropa de otra época —knickers y sombreros de época, polainas y batas de pluma, miriñaques— junto al sauce inmóvil del jardín sin cielo? Sólo relataré las evidencias: nadie me creerá que, a veces, topo contra paredes donde sólo se ve la invisibilidad del aire, asciendo por escaleras que conducen a falsas ventanas que me reflejan en el acto de descender las mismas escaleras, caigo en breves pozos que en su fondo imitan la fijeza de estrellas olvidadas.

He comparado esta casa con una ciudad yugoslava y un palacio mediterráneo. Ahora sé que la comparación extiende en demasía un hecho incomparable: aquella ciudad es lo que es en un tiempo numerable, sucesivo; ese palacio fue lo que es en un solo acto: el de la concepción grandiosa de un monarca teutón embriagado por la proximidad de un mar ardiente. Esta casa, la que recorro durante imprecisos instantes, ¿fue, es o será?

Camino, recorro, y a veces veo venir hacia mí la figura negra de Nuncia, ocupada de mil gestos cotidianos: Nuncia que riega plantas, recoge hierbas, prepara baños, remueve cenizas, se ensimisma, hurga en los rincones obsoletos de esta construcción absoluta y jamás me mira, jamás admite la pluralidad de mis andanzas o la singularidad de mi presencia.

No así el gato: en el segundo de este minuto, en el día de este siglo (no sé definirlo; no sé de dónde traigo estas categorías imposibles; el tiempo se me ha vuelto tan ancho como algunas premoniciones, tan estrecho como ciertos recuerdos) en que recorro, para reconocerlas, las formas de esta casa o de esta ciudad (si es ciudad, es sólo un cuarto inmenso, un salón demasiado parcelado; si es casa, es sólo un barrio que soltó amarras con el resto de la urbe imaginable) mi emoción, que en cierta manera estaba congelada por el asombro, sofocada en la fisura entre ese extrañamiento y el hecho real de que todo esto lo vivo, lo toco, lo huelo, lo pienso, aunque pueda dudar de mi vista, se desbordó, sin proporción, cuando el gato, que venía por una de las galerías detrás de Nuncia, se detuvo, me miró a través de sus ranuras grises, se desprendió de la compañía severa y actual de la mujer para trasladar esa actualidad a mi negada cercanía. El gato —un angora insatisfecho, largo, relamido— se frotó contra mis tobillos, maulló, levantó una pata juguetona... Esperé con ansiedad el rasguño: de él dependería saber si yo iba vestido o no, si las uñas rasgaban tela o piel...

No pude saberlo. Nuncia se detuvo también, observó los movimientos del gato, se levantó los cargados faldones y corrió hacia el gato, le dio un puntapié, lo levantó del suelo con una mano brusca, erizando su pelambre abundante pero mortecina, sin lustre, lo agitó sin compasión, tomado de la piel estremecida del lomo: ¿Por qué te detienes? ¿Qué miras? ¿Qué haces? Maldito Nino, siempre tratando de asustarme, siempre haciendo creer que hay alguien más en los lugares...

Seguramente, se arrepintió de su severidad; apretó delicadamente a la bestia contra su pecho, le acarició el lomo, acercó la cabeza a las orejas inquietas de Nino, y la dejó caritativamente inclinada:

Si aquí no hay nadie más que tú y yo, tontito, bonito, suavecito . . . .
. . . .
. . . . He regresado, fatigado, a la cama; nuevamente, desconozco los instantes anteriores a ese seguro desplome de mi cuerpo; nuevamente, el niño está junto a mí cuando despierto. Esta vez, me muestra a mí el estigma de su brazo. Nino ronda las patas de la cama de cobre. Sé que los braseros apagados están cerca. Empiezo a re-

conocer esta casa; ¿qué estaré olvidando a cambio de este aclimatarme en lo que, hace tan poco, era lo desconocido? Empiezo a reconocer el lugar a donde he llegado o a donde he sido traído; si regresara, ¿reconocería el lugar de donde partí? Reconocería aquellas partes, ¿éstas?

Lo hace de la manera más natural: tiende hacia mí el brazo desnudo, arremangado; con la otra mano, acaricia la cabeza del gato. Me muestra algo que para él es una evidencia y, para mí, es sólo un misterio. La herida del brazo. ¿Qué puede unir a una prueba y a un enigma? Sonríe como si supiese que yo entiendo; no comprende que, para entender, primero debo recordar... Tal vez sí; tal vez me equivoco y el gesto del niño es sólo una invitación para que recuerde. ¿Por qué, entonces, presenta su invitación como un acertijo, como una adivinanza?: ¿Cuándo deja una puerta de ser una puerta?

Ríe mucho, seguramente mi cara de estupefacción debe ser el motivo de su risa.

Puedes recorrer toda la casa, añade, recogiendo al gato del piso; pero nunca abras una puerta, ¡nunca!

Yo lo escucho y no lo entiendo; desde hace tiempo, sólo trato de recordar: otra casa, otro amanecer. Pero mi memoria es negra y en ella nado sin fin en un líquido bullente y viscoso. Debo resignarme y aceptar que ésta es mi ubicación: una cama de cobre con toldo y mosquiteros, cerca de las viejas parrillas de una cocina cenicienta, cerca de las frondosas cortinas que ocultan un balcón condenado. Ésta es mi habitación acostumbrada, desde ahora; a ella debo regresar, fatigado, de la única ocupación posible: recorrer sin fin las galerías, cornisas y jardines de la casa. El niño me ha advertido que no debo abrir ninguna puerta: ¿cómo hacerlo, si aquí todo es la libertad del laberinto, la imposibilidad del muro, el vértigo de la caída o la ilusión del ascenso? . . . . Hoy tuve la tentación de abrir una puerta, sólo que nuevamente, la puerta no existía. Sin embargo, era la más bella que puede encontrarse en estos dédalos: pues la piedra aquí tiene varias posibilidades; es el ocre hirviente, compacto, despilfarrado, rencoroso de las barrancas-madre; es la lisura uniforme y gris de las galerías; es el ámbar quemado de los patios; es la infinita ruptura de yeso de los decorados que aún no me permito ver en detalle; es la roja ceguera de los ladrillos que condenan las salidas.

Esta vez, la puerta es un marco de piedra aparejada, tallada, simétrica, ligeramente ojivada. Le basta su dorada porosidad para engalanarse. El muro que la cierra es de los más delgados; ellos, sin duda, deben saberlo; no me explico por qué conversaban detrás de él o por qué permitieron que me acercara impunemente: mis pasos deben escucharse con tanta insistencia como el flujo y reflujo de sus voces, que me fueron atrayendo, guiando, hasta ese punto ciego en que la pared me vedaba el paso pero desde donde sus voces se escuchaban claramente.

—¿Insistes en tus mentiras?

—Es la verdad, Nuncia.

—Aquí sólo vivimos el gato, tú y yo.

—Te digo que ha regresado. Te lo juro.

—Deja de enseñarme ese brazo. Te arañó el gato.

—No, cuando él regresa se me abre la herida, tú lo sabes.

—No me engañes. Te he visto en el jardín, junto al sauce.

—Te juro que no me tocó.

—Cierras los ojos, aprietas los dientes y te clavas el puñal en el brazo. Luego crees que no ha sucedido. Pobrecito.

—Nuncia, te juro que entra muy cansado y se acuesta en la cama.

—¿Cuál cama?

—La de cobre, con los mosquiteros.

—Pobrecito. Nadie se ha acostado nunca en esa cama. Los mosquiteros están cubiertos de polvo. Ninguna mano los ha tocado. Además, la cama no tiene colchón, está desfondada. Nadie podría dormir allí. Como no fuese para morir.

—Te juro que se levantó y apartó las cortinas y miró por el balcón.

—¡Ah! Caíste en la trampa. Nadie puede mirar por ese balcón salvo tú y yo. Algún día.

—¿De verdad?

—Cuando crezcas. Ahora vete a dormir. Te hace daño excitarte tanto.

—Cuídame, Nuncia. Llévame a la cama.

—Ya eres un hombrecito. Desvístete solo, acuéstate y luego pasaré a darte las buenas noches.

—Como tú digas.

¿El cuarto del niño? En mis andanzas por el lugar, nunca he podido encontrarlo; alguna vez me he preguntado dónde dormirían Nuncia y el niño, porque no he visto otra cama aquí sino la que yo mismo ocupo y ésa, según la mujer, no la ocupa nadie. Ahora tengo una oportunidad; si el oído me es afortunado, podré diferenciar, primero, los pasos del niño —difíciles, leves, similares a los del gato que lo acompaña— de los de la mujer —reconocibles por la suma de objetos que chocan entre sí dentro de las bolsas del ropón—; seguir, inmediatamente, los primeros con la oreja pegada al muro, con la mano nerviosa recorriendo la superficie, como si bastase ese contacto encantado para establecer una comunicación secreta con los pasos que persigo; con los nudillos a punto de pegar contra la pared, como si de algún modo la oquedad o la espesura intermitentes pudiesen darme un indicio de dirección.

(Suplo, así, la fugacidad de las causas por la gravedad de los efectos; sé, en ese momento, que los motivos pueden olvidarse o reemplazarse o matizarse infinitamente a partir de los ciertos, inconmovibles efectos: que el efecto, al cabo, justifica la causa: febrilmente:) acaricio (velozmente) los muros de este lugar, sin detenerme, seguro, aun cuando no los escuche, que los pasos del niño me guían hacia el encuentro, resistiendo la tentación de probar las oquedades probables, de desanimarme ante las indudables espesuras, divorciado finalmente de la causa —los pasos ensordecidos— y enamorado del efecto —la sensual vibración que los muros comunican a mis yemas.

Las palmas se abren, gélidas, trémulas, secas, ardientes: no toco más el muro; como dos asaltantes sorprendidos, como dos condenados a muerte en el momento de recibir la descarga imposible, para siempre aplazada por la estúpida confianza del cuerpo en su propia supervivencia y por la magnífica soberbia del alma que se siente un segundo por delante del cuerpo acribillado, consciente de la muerte del cuerpo y de la inmortalidad del espíritu antes de que el cuerpo posea una y pierda para siempre la otra... mis manos tocan el viejo terciopelo de una cortina .
. . . . Por primera vez, veo sin ser visto: la mirada del niño, incluso cuando lo amamantan, no deja de fijarme como a una mariposa alfilerada; hay algo, en su insistencia, de mi existencia; los ojos del niño quieren decirme, y decirle a Nuncia, que estoy allí; en cambio, la mirada de la mujer, que quiere negarme, tampoco deja de verme: me ve sólo para decirme que no es cierto, que no estoy allí; su insistencia es mi inexistencia. Pero ahora, ni Nuncia ni el niño pueden crearme o negarme: yo los miro a ellos, impunemente.

Primero al niño, que ha llegado solo a su recámara y durante algunos instantes ha girado sobre sí mismo, antes de acercarse a los juguetes. A medida que los va tocando, yo los voy distinguiendo y clasificando. Ambas operaciones son, en cierto modo, una sola. Algunos juguetes corresponden a una edad que el niño ha sobrepasado; continúan allí por cariño o por descuido y quizá, de nuevo, por ambos motivos a la vez: sonajas, ositos felpudos, pelotas de celuloide, un antiguo silabario con las cuentas despintadas y el marco arrugado por el tiempo o el agua o el fuego: no distingo bien, desde la cortina, las figuras que lo ilustran. Miro desde lejos los muñecos de goma, deteriorados, que representan figuras cómicas; quisiera reconocerlas; quizás, de cerca, podría identificarlas.

Los demás corresponden a la edad del niño, pero hay algo incongruente en ellos, algo que no acierto a ubicar... Un patín del diablo, sí, un trineo, un globo terráqueo, un fusil, ciertos disfraces colgados en ganchos, Pierrot, pirata, apache... un tambor, un pequeño piano... y jaulas, una, dos hasta seis jaulas, vacías, que cuelgan del techo, detenidas por esbeltas cadenas negras: se mecen suavemente, en ese ámbito capitoso, pero ¿no sé que aquí el aire se engendra a sí mismo, igual que la luz... igual que la sonoridad, acaso igual que la visión? No: el niño está allí, acaricia sus juguetes, unos infantiles, otros propios de los diez años... pero todos viejos.

Ése es el orden que impongo a los juguetes: ninguno es nuevo. Ninguno le ha sido regalado en su más reciente cumpleaños. Esta mujer avara debe guardar los juguetes de otras generaciones y ofrecérselos al niño encerrado aquí como si fuesen nuevos. No hay otra explicación.

Entonces entra ella, como lo prometió, a darle las buenas noches.

Él continúa vestido con el traje del marinero. La ve. Se lleva el silbato blanco a los labios y sopla. El chillido insoportable retumba por las bóvedas, multiplicándose, estremeciendo las cadenas y las jaulas con la rispidez de un cuchillo frotado contra un platón de metal. Ella se tapa los oídos con las manos, grita algo que no vence la monstruosa alarma del silbato, tenebrosa sirena de nieblas, aguda ave herida, celo y lupanar. (¿Nuncia o el niño? ¿O la suma de sus gritos?) ¿Y por qué, pienso repentinamente, creo que éste es el cuarto del niño, en una casa donde no puedo ubicarme porque la casa misma no está ubicada, no está repartida normalmente… donde se duerme en las cocinas, se lee en los baños, se baña en las bibliotecas, se cocina en el vacío…? ¿Donde los sauces crecen sobre el ladrillo pulverizado?

—Te dije que te acostaras.

El niño no contesta; hace girar insolentemente las cuentas del silabario.

—Deja de jugar. Desvístete.

—Mira cómo tienes este lugar.

—Obedéceme.

—¿Cómo dicen los grandes? —el niño hace una feroz mueca mimética—. ¡Una pocilga, una pocilga!

Su risa es tan aguda como el silbato: —Ni los puercos vivirían aquí, Nuncia. Muy mal, muy, muy mal. No cumples con tus deberes.

La mujer le da la espalda y él continúa.

—¿Qué cuentas vamos a dar de todo esto?

—Nadie nos pedirá cuentas. Y deja de hablar como un enano.

—¿Y él?

—¿Quién?

—El que regresó, idiota.

Nuncia se encoge de hombros.

—Ni siquiera le has preparado la cama. Podrías sacudir los mosquiteros, el colchón y el toldo. ¿No ves que se puede quedar ahogado una noche? ¿Eh?

—No te falta nada. Deja de quejarte.

—¿Y las jaulas? ¿Por qué están tan vacías? Te he ordenado que me las tengas llenas, siempre llenas…

—Quieres que te cocine, te vista, te bañe, te arrulle, te…

—Es tu deber, Nuncia. Todo lo que hagas es poco. Aunque te maldiga, te azote, te abandone, te desconozca. Tu deber es cargar conmigo. Si no, lo pagarás caro en esta vida o en la otra. Tu obligación es mimarme mucho, mucho, mucho…

—Está bien.

—Toma este trapeador. Mira en qué estado has dejado los pisos…

—¿Qué tienen?

—Tus zapatillas, mi amor. Están llenas de lodo. ¿Dónde has andado? No, no me lo digas. No quiero saber. Por algo están vacías las jaulas. Anda, trapea el piso… No, Nuncia, así no… Ponte en cuatro patas, así, como te gusta, ¿verdad?, trapea, mi amor, trapea fuerte, que no quede una sola de tus porquerías en mi recámara . . . .

. . . . Regresé a mi cama porque una intuición filosa me dijo que no sólo me era físicamente repugnante permanecer detrás de la cortina, espiando, sino que, al hacerlo, preparaba el inconsciente peligro de irrumpir. Visitar al niño en su recámara sería un error irreparable. No me hubiese sido fácil encontrar el camino de regreso (el de ida, lo creo ahora, me fue iluminado por la sensación y el deseo) de no haber mediado un nuevo hecho: casi sin darme cuenta, comencé a escuchar ruidos que creí reconocer, ruidos ajenos a este claustro: ciertos taconeos reconocibles, reveladores de la materia que pisaban: grava, pasto, aceras mojadas, lodo primaveral, ennegrecida nieve de húmedos inviernos; cierto rodar de cabriolés sobre calles empedradas; ciertos bufidos cálidos, humeantes, de caballos al salir por la puerta cochera en noches de noviembre; y luego el ritmo parejo de los cascos por la alta calle de un barrio olvidado; las bocinas de viejos automóviles, el ruido de las manivelas y el arranque de los motores...

La suma sonora, imperceptiblemente, me condujo de regreso al cuarto de las parrillas antiguas y la cama desfondada. Pero los ruidos quedaron atrás. Quise recordarlos; habían huido. Quise ubicarlos; estaban dispersos. Mi mente había sido conquistada, a través de los ojos que ni siquiera pueden pestañear, por la atroz escena del niño y la mujer en cuatro patas, él mostrándole cómo debía ponerse, ella imitándolo con la mueca libre y enferma, la palidez y el brillo, la oscuridad envolvente de sus trapos.

Quizá dormí, reparadoramente: el sueño, en verdad, es el dulce baño de nuestras labores .

. . . .
. . . . Me
despertaron los gritos, el furioso rugido animal .
. . . . Desperté con pena;
mis ojos ya habían visto lo que iban a ver; había
soñado lo que estaba viendo, imprecisamente, a
través de los polvosos mosquiteros de la cama:
esa imagen de dolor y crueldad . . . .
. . . . El tiempo anterior ha sido tan
lento; esta imagen lo vuelve tan precipitado . .
. . . .
. . . . . El niño está al pie de la cama; su traje
de indio apache (el que vi colgado en un gancho
en la distante recámara) está hecho trizas; los
hombros, los muslos, las nalgas le brillan entre la
ropa rasgada; el niño se azota a sí mismo con una
de las cadenas que sostienen las jaulas de su
cuarto; el niño camina sobre púas arrancadas a
los rosales del jardín sin cielo… Cae exhausto,
gimiendo; el gruñir ominoso de la bestia no cesa.
Salto de la cama, lo levanto en brazos, lo llevo a
mi propia cama, corro detrás de nosotros los
velos de polvo.

Con los propios velos envuelvo sus pies
sangrantes; quisiera abrazarlo, pero el dolor de la
sangre cárdena bajo la piel violentada me lo impide: cada una de esas llagas palpita; el niño abre
los brazos; une las manos sobre mi nuca; murmura, más para él que para mí (y sin embargo con
aliento cuyo calor inunda el pabellón de mi oreja):
Non vere creatus, sed ab aeternitate increatus.

Luego se separa de mí, se hinca en la
cama, me observa, me tiende la mano abierta,

temblando, me pide una limosna; dice que tiene hambre y siente fiebre, que desde hace días no prueba bocado y que sus labios le queman, por caridad, por caridad, una limosna para este pobre niño… No sé cómo tomar su comedia, tan entristecida por las heridas que él mismo se ha infligido; pero entonces vuelve a abrazarme y a murmurar:

—Soy un prisionero en esta casa. Ella me tiene encerrado aquí. Ayúdame.

—¿Quién eres? —le pregunto—. ¿Quién es ella? Primero debes contarme, si quieres que te ayude…

—¿La ves tan bonita?

—No… no sé; me cuesta decidir si es bella o no…

—Es muy bella —declara el niño, con resentimiento—. Algún día lo sabrás. Pero su belleza esconde su maldad. Me tiene prisionero, me mata de hambre y de sed; es la peor madrastra del mundo…

—¿Es tu madrastra?

—Como si lo fuera; como si fuera la madrastra mala de los cuentos, igual…

—¿Qué quieres que haga?

—Estoy muy solo y muy asustado. Nadie me quiere…

—Yo estoy aquí…

—¿Tú me quieres?

Afirmo sin convicción.

—¿Tú me cuidas y me proteges?

Esta vez digo, sí, sin esfuerzo: debo repetir la afirmación una y otra vez, mientras el niño habla en cascada: ¿Me llevarás al circo? ¿Me comprarás mis libros ilustrados? Y los sábados, ¿iremos a ver jugar a los hombres de blanco en el parque?, ¿iremos los jueves en la tarde a las tiendas hasta que llegue mi cumpleaños? ¿Te disfrazarás para asustarme y hacerme reír?, ¿me enseñarás a dar saltos mortales?, ¿me dejarás guiar el cabriolé cuando sea más grande?, ¿cómo se llaman los caballos?, ¿ya no te acuerdas?, ¿por qué se llevaron los caballos?, ¿es cierto lo que dice Pink el jardinero?, ¿es cierto que se los llevaron para matarlos?, ¡oh!, ¿por qué cambiaste el cabriolé y los caballos por esa máquina ruidosa?, prométeme que iremos a Ramsgate este verano, prométeme que esta vez sí me dejarás entrar contigo a ver a los bailarines, ¿qué tiene de malo?, los veo desde el paseo, usan sombreros de paja, iremos en el tren, tú y yo solos, y me hablarás como si fuera un hombre grande y me dejarás ordenar el té y las jaleas de cinco sabores y los bizcochos con mantequilla y cuando crezca más, iremos juntos a comprar el uniforme y la gorra y la corbata y me llevarás tú mismo a la escuela y me dejarás solo y seré un hombre…

Como los sonidos que quisiera reconocer me guiaron en el laberinto que separa la recámara del niño de la mía, ahora estas palabras, que también se esfuerzan por resucitar su segunda vertiente en mi memoria, me conducen de la lejanía con que nos observamos (él hincado, herido, mendicante) a un abrazo estrecho y tierno. Acaricio su cabeza rubia y las imágenes se niegan a reposar. Entonces él, que está recostado contra mi pecho, levanta la mirada y hay en ella algo que niega terriblemente nuestro acercamiento, nuestra segura ternura. Primero se chupa el pulgar con malicia, luego habla en un susurro:

—¿Sabes? En la noche, después de que me acuesta, ella sale al jardín… Yo la he seguido… ella no lo sabe… es una mentirosa… dice que debe cuidar las plantas… no es cierto, no es cierto… hace otras cosas… cosas horribles… ya la he visto… por eso están vacías mis jaulas… siempre vacías… ¡júrame que tú sí me llevarás al zoológico de Regent's Park!

No comprendo bien lo que el niño quiere insinuar; sé que sus palabras están cargadas de maledicencia, de desprecio. Lo aparto a la fuerza del abrazo. Él entiende. Ríe, como ella lo dijo; como un enano maligno.

—Tú debías estar conmigo. Contra ella.

—No tengo por qué…

—Ella te niega —su zumbido es el de un insecto de vidrio anidado entre arenas secas—; ella dice que tú no existes…

—Tú la humillas, como un pequeño tirano, la obligas a ponerse en cuatro patas, la esclavizas; es mentira todo lo que cuentas…

Me escupe el rostro con un silbido repentino; su pelo rubio, su casco recortado sobre las cejas y junto a las orejas me parece ahora la peluca de un monstruo albino: —¡Tú me espías! ¡Tú me espías! ¡Tú me espías!

Aparta violentamente los mosquiteros, salta de la cama y me ordena que lo siga. ¿Para qué resistirlo? ¿Tendría sentido, en ese lugar y durante estas horas, rehusar cualquier movimiento, aun el más terrible, que me acerque al corazón del enigma, quizá a su resolución, quizás a la dispersión repentina de estas paredes y del tiempo sin memoria que encierran? Me siento más digno obedeciendo al niño que instalándome estúpidamente, en la inactividad de la soberbia. No dudo en seguirlo cuando veo que se acerca a las cortinas que, en otro tiempo, yo mismo aparté para encontrar sólo un muro de ladrillos. Espero una revelación: la pared se habrá transformado en el más puro cristal. Corro hacia el niño en el momento en que aparta las cortinas y muestra, nuevamente, el mismo muro ciego. Me convoca. Me acerco, desalentado. Me acerco, más y más, a la fisura que el niño señala con el dedo meñique. Está detenido como un muñequito de porcelana. Acerco el ojo a la ranura casi invisible de yeso. Miro. Miro. Empiezo a gritar, empiezo a llorar amargamente, luego a odiar, más que la visión que el niño me ha impuesto, al niño mismo, autor de esta cruel e inútil trampa. Sólo para esto, y sólo en este instante, mi pequeño y monstruoso captor me ha devuelto la memoria . . . .

. . ¿Por qué no me has pedido de comer?, me dijo más tarde, cuando regreso a la pieza, muy limpio y con aire de haberse peinado y bañado; vestido, ahora, con un traje de terciopelo negro y camisa de holanda con pechera de encajes, pero conservando las altas medias blancas y los zapatos de charol con moños; Nuncia es una excelente cocinera y le gusta mimarme. Debes

estar muerto de hambre. Desde ayer que llegaste no has probado bocado . . . .
. . . .
. . . . No imaginé que la cena sería servida en el jardín sin cielo, en el centro de ese sexágono que podría imitar el patio del gran castillo romántico de Capodimonte. Pero el emperador Federico lo concibió como un centro absoluto; sería posible perderse en las recámaras circulares, pero al cabo se desembocaría en ese pivote de la construcción. Aquí, en cambio, nada puede persuadirme de que el jardín, como el edificio entero, no es excéntrico: nadie podría ubicar el punto de su equilibrio formal.

El niño ha mandado apagar el falso cielo —¿será ese, también, uno de los deberes de Nuncia?— y, para suplirlo, ha instalado altos obeliscos de mármol en los que se entierran gruesas velas de distintos colores. El niño me condujo a mi lugar; Nuncia ya ocupaba el suyo. La cena estaba servida en peroles negros cubiertos por tapaderas de hueso labrado. El gato rondaba los pies de la mujer. Tomé asiento.

—Una familia grande, feliz y unida —sonrió el muchachito—. ¿Quién dijo que todas las familias felices se parecen entre sí y que sólo las familias desgraciadas son diferentes? Nuncia, sírvele de comer a nuestro huésped.

La mujer miró con una resignación cercana al rencor hacia el lugar que yo ocupaba, pero no supo o no quiso fijar su mirada en mí; sus ojos me traspasaron sin reticencias, hasta perderse en la más lejana sombra del patio. En seguida, simuló que destapaba uno de los peroles, servía su contenido en un plato de aire y lo pasaba ceremoniosamente al lugar de la mesa que, supuestamente, yo ocupaba. El niño la observó con el ceño nervioso.

—Nuncia, sírvele realmente a nuestro huésped.

La mujer empecinada repitió la operación invisible y se cruzó de brazos. El niño bostezó y me miró con sorna.

—Para Nuncia, tú no existes. Eres mi fantasma.

Rió mucho hasta que la mujer lo interrumpió con estas palabras, sin dejar de mirar fijamente hacia el vacío que se extendía detrás de mi cabeza:

Cuando me anunciaron tu concepción, no quise creerlo. Negué tu existencia desde el primer momento. Sin embargo, mi vientre crecía aunque mi himen se mantuviera intacto. Seguí atendiendo normalmente mi casa, cocinando en los peroles, vigilando que el fuego jamás se apagase, barriendo la viruta del piso. Traté de mantener esta naturalidad y de medir los tiempos prescritos. Pero a los nueve meses mi virginidad continuaba inviolada y comencé a sentir los dolores del parto. Lo posible y lo imposible se habían dado la mano. Imaginé que iba a vomitar, a defecar, a llorar torrencialmente. ¿Cuál podría ser el éxito de este diabólico acontecimiento? Pues sólo a la persuasión diabólica podía atribuir un hecho tan contrario a la naturaleza, que es obra cotidianamente observable del buen Dios. Un viejo comerciante de las tierras donde nace el sol pasó una noche por nuestra pobre cabaña de artesanos y pidió albergue. Se lo di, como si intuyera desde entonces otras fugas, otros exilios sin hospitalidad ni misericordia. Le conté mi historia y él me confirmó en mi sospecha: en la tierra excesiva, amurallada y no obstante inmensa, de la cual provenía el comerciante, el diablo (o su máscara, que es la misma cosa) nace por la hibridación del tigre, del búho, del oso, del dragón y la cabra. Entre todos, conforman al monstruo difuso en la materia, apercibido sólo cuando brillan los relámpagos y las dagas; le dan la forma de un vaso, de una ánfora plena como un vientre: su monstruosa diseminación, lejos de provocar una ruptura, integra una forma, frágil pero sin fisuras. Supe yo que era ese vaso, esa insoportable unidad del maleficio, disfrazado así de su contrario. Mi feto, engendrado por la multiplicidad diabólica, encontraba en mí la vasija de su unidad. No pude tolerar esa sabiduría; dudé un instante entre alejarme del huésped y entregarme en brazos de mi legítimo esposo, exigirle que me violara para disipar la demoníaca política; pero pensé que él había aceptado la ilusión de la visita angelical y que a un hombre tan simple no se le pueden destruir sus creencias absolutas en el bien sin condenarlo a una fe igualmente ciega en el mal. Para él no era un problema esta lucha entre dos contrarios que se imitan, se contagian, se traspasan propiedades en un mutuo afán de confusión: ¿negará la soberbia del creador que

aun el diablo fue obra de su creación total y por
ello, de manera cierta, criatura divina?, ¿negará
la criatura que su parentesco divino revela, como
la otra cara de una moneda, la tentación de re-
nunciar a la unidad y solazarse en la dispersión
que la complementa? ¿Por qué tuvo Dios, que es
la unidad absoluta, esta tentación de negarse
procreando, proliferando, multiplicando unos
atributos que, al exiliarse de la unidad, por fuerza
se opondrían a ella? La rudimentaria mente de
mi esposo no podría comprender esto. En cambio, el viejo y delicado comerciante me entendió,
me confió que el conocimiento de su propio
cuerpo (y su inminente posibilidad de trascen-
derlo) le decía que tenía fuerzas para una profa-
nación final: como las semillas que viajaban en
sus costales, a lomo de mula en las montañas, a
lomo de camello en los desiertos, él había contado las que viajaban aún entre sus muslos finalmente viriles. A los nueve meses de la concepción
fraguada con los fragmentos de la laceración,
dejé de ser virgen entre los brazos y las piernas y
las caricias de ese anciano extrañamente lúbrico,
que me tomó recostada de lado. Y cuando mi
hijo, pocos días después, pudo nacer en medio
de la fuga y el terror, recordé que mi profanador
me había contado que en su tierra, también, el
demonio cobraba la omnipresencia de su misterio con el terror de las cabezas cortadas. Y antes
de partir hacia los mares levantinos, añadió que
a su paso por el Indostán había memorizado las
crónicas definitivas que relatan el asalto del principio diabólico contra el principio divino. El

demonio Mara, en su batalla crucial, libera todas sus fuerzas pero revela, al hacerlo, su verdadera naturaleza: la incoherencia de la legión pluriforme, irreducible a unidad; el demonio es la infinitud desgastada: es lenguas, vísceras, serpientes, lividez, brillo, negro, azuloso, pardo, montañas en llamas, océanos secos, orejas de elefante, hocico de puerco, dientes de perro, lomo de jabalí, vientres de piedra, ojos de hueso, pies como cráneos, manos como narices, o las manos, los pies y las orejas cortados. Dios es el principio: uno solo. El diablo, como los destinos, es la heterogeneidad plural, el infinito alejamiento del caos...

—Está loca —me dijo con un gesto de desprecio el niño—. Cuenta leyendas ajenas.

—Desde entonces —murmuró, tajante, la mujer— afirmo mi victoria. Sólo reconozco a uno. No puedo aceptar que hay dos.

—Hoy te vi fornicar con mi padre —le dije en voz baja a Nuncia—. Ella no me reconoció. Y el niño aprovechó ese instante de mi aparente oposición a la mujer, me tomó de la mano, me condujo al punto excéntrico donde crece el sauce. Allí, sin darme oportunidad de reaccionar, me rasgó el antebrazo con un estilete diminuto, se levantó la manga del saquillo de terciopelo mientras yo permanecía estupefacto ante mi propia sangre, clavó el pequeño puñal en su propio brazo, lo acercó al mío y mezcló nuestras sangres.

Hemos vuelto a sellar el pacto, murmuró, extrañamente dócil y conmovido. Nunca nos hemos separado. Nunca nos podremos separar.

Viviremos, de alguna manera, siempre juntos. Hasta que uno de los dos logre alcanzar lo que más ha deseado en la vida.

La mujer continuaba mirando hacia el falso infinito de este encierro, murmurando también para el infinito: el destino de los hombres es la dispersión. Cada minuto que se vive nos aleja más del origen, que es el bien, que es la unidad. Jamás los recuperamos; por eso somos mortales. Yo fui el conducto del demonio. De allí que me aterrorizara oírle hablar de ese modo, engañar a los doctores y a los pueblos con una sabiduría destilada por el maligno. Y él, que sabía lo que yo sabía, me despreciaba: yo le había robado su origen divino al acostarme con un mercader de Catay. Me regañaba en público, casi me borró de su historia. Por eso fui al acto final y lloré a sus pies. Había disfrazado su destino; dijo —y convenció a muchos— que su muerte era necesaria. Fue una muerte tan vulgar como la de cualquier ladrón. Yo fui testigo. Una muerte por tétanos y cianosis. Tuvo un destino, como el diablo: murió disperso. Se hundió en la nada. Su mente fue la victoria del demonio: la nueva religión se fundó sobre la dispersión de la unidad; desde entonces, Dios dejó de ser uno y ahora somos tres, siempre tres…

El niño se había doblado bajo el sauce, con el rostro escondido entre las rodillas. Alcanzó a gemir. No estoy aquí, no estoy aquí…

Ella, dominada por un impulso de piedad, se levantó de la mesa, corrió hacia él, se hincó junto a él, le acarició la cabeza, le dijo que se acercaba su hora. Lo obligó, tiernamente, a levantarse; él me indicó, con la mano, que lo siguiera. La mujer no se ocupó de mí. Pasamos a la loggia romántica que circunda el huerto; ingresamos a los laberintos; no progresamos demasiado antes de desembocar en la recámara que yo había visto detrás de las cortinas: los juguetes... las jaulas... los disfraces.

Nuncia desvistió lentamente, severa y recompuesta, al niño. Luego lo vistió con un traje de primera comunión: satín blanco, corbata blanca, un moño de seda blanca amarrado al brazo derecho, una vela, un misal y un rosario entre las manos. Pero no fue esto lo que me llamó la atención, sino la sorpresa de entrever, en las axilas y el pubis del muchacho, el nacimiento del vello: cuando me visitó disfrazado de apache, antes de la cena, era un niño liso.

No volvió a hablar; no pude juzgar su voz. Se dirigió a un retrete improvisado en un rincón del cuarto, arrojó dentro de la taza el misal y el rosario y tiró de la cadena. Encendió la vela mientras Selene reunía en cúmulo los juguetes y yo, de cerca, los distinguía; no los más viejos y gastados, pero sí esos muñecos de goma, el Capitán Tiburón, Hans y Fritz, y la muñecota de trapo, Doña Torcuata, cuyas faldas se abrían, acolchonadas, como las cubreteteras que mantienen caliente el té; bajo esas faldas cabía la cabeza de un niño travieso y tonto que se cubría los ojos con ellas, corría ciego por los pasillos de su casa, excitado, gritando, dándose de topes contra las paredes... Y ese trineo, ¿no descendió durante viejos inviernos las colinas de Hampstead, hasta el lago congelado?... El niño acercó la vela encendida a los juguetes; yo hice un gesto impotente para impedirlo; las sonajas, las pelotas de celuloide, los disfraces de Pierrot y de pirata, los libros ilustrados —pude leer los títulos devorados por las llamas: *Black Beauty, Treasure Island, Two Years Before the Mast, From the Earth to the Moon*— se consumían para siempre...

El muchacho corrió a la cortina, abrió la ventana de mi casa, arrojó el silabario al parque y salió lentamente a una madrugada bizarra, de ventisca y lluvia fina. Corrí detrás de él, tratando de detenerlo y, al detenerlo, de frenar también la velocidad del tiempo; regresar, que todo fuera como fue antes; que las llamas se apagaran, los juguetes se reintegraran a partir de la ceniza, todo volviese a su lugar, el trineo cortase la nieve fina de las colinas de Hampstead...

En el parque, la bruma de los cielos descendía, el humo de los pastos ascendía y las siluetas de los almendros se alejaban infinitamente. El muchacho ya no estaba allí. La delgada llovizna era fría y penetrante. Los búhos callaban; los gallos despertaban. Un terrible gruñido me estremeció. Recogí el silabario del pasto, me detuve un momento, reconociéndolo, jugando con las cuentas, recordando las calcomanías que pegué en sus bordes. Entonces la voz de Nuncia me convocó: Entra, George; por favor entra. ¿No ves que llueve? . . . .
. . . .
. . . .

. . . . El verano pasó velozmente; fue mi única eternidad. Las ventanas y los balcones de la casa se abrieron, como si nunca hubiesen estado tapiados, para que entraran los suaves alisios y la humedad bienhechora y cálida que nos envía el Golfo de México. La casa ha quedado atrás; delante de los balcones abiertos, el jardín se extiende hasta el bosque y allí el calor es frescura y la humedad tibieza: los abedules blancos renacen bajo la sombra de sus propias copas altas, esbeltas, dispersas pero ceñidas por la cercanía de un tronco con otro; en los claros, los árboles se separan en círculos, en semicírculos, en avenidas breves, en sinuosos senderos: nuestras recámaras son tan variadas como el capricho del bosque, tan hondas como el heno, las ramas de jacaranda o los pétalos de heliotropo que encontramos en el camino.

Pasamos los días sin hacer nada; las noches nos agotan. Nuncia surgió de su oscuridad, renació como la naturaleza: blanca como las cortezas de los abedules, transparente como las sombras verdes de las enramadas; sólo su cabellera cobriza se niega a sumarse al ambiente líquido de nuestro verano. Ésa es la flama móvil que, al atardecer, se ocupa de las minucias del bosque mientras yo la contemplo; ella reúne las flores salvajes, ella abre los caminos de la jacaranda y el pino (coexistentes en el estío fugaz incomparable), a ella se acercan los ciervos, de ella huyen las ardillas; sus pies evaden los abrojos y acarician los helechos; sus ojos convocan las nubes de mariposas amarillas y dispersan la noche de los búhos;

sus manos remueven las aguas de los estanques y llenan los cántaros; sus oídos escuchan el atardecer de los grillos y despiertan al amanecer de los gansos; su nariz tiembla para que el perfume de la mejorana y el romero lleguen hasta nosotros; sus labios sabrán, todo el verano, a jacinto y melón, a menta y algarrobo.

Sus zapatillas, cuando me abandona toda una tarde, regresan mojadas, cubiertas de lodo. Ha ido lejos. No puede manchar la tierra como ensuciaba los pasajes y alcobas de la casa, no tengo que regañarla.

Ella es todo lo que nos rodea: no puedo pensarla y conocerla al mismo tiempo.

Pero puedo completarla. Éste es el único pensamiento que acompaña mi acción: la plenitud de este verano con Nuncia en el bosque me necesita a mí, actuante, para ser completo. Sin mí, sería un gigantesco vacío. Y yo, el hombre que actúa para que el verano, la mujer y el bosque sean la misma cosa conmigo, desaparezco poco a poco para unirme a ellos: dejo de ser yo para ser más yo, dejo de ser yo para ser ellos. Dejo de conocerme para ser uno. No creo, en ese verano, bajo esas enramadas, cerca de esos abedules (en el jardín, los almendros son la frontera; detrás sigue el bosque) haber poseído a Nuncia: fui Nuncia. Toda noción de dominio huyó antes que los patos asustados por los lejanos, reverberantes escopetazos que a veces escuchamos en la aurora. (Y Nuncia, para espantarlos, a veces se viste de blanco y agita los brazos cerca de los estanques.) Para ser el hombre de Nuncia, hube de afeminarme: de acercarme a la mujer, en sus gestos, en su olor, en sus poses más íntimas. Era imposible pasar por hombre, si ser hombre es un gesto de poder, cuando me entregaba a Nuncia simulándola, buscando sin tregua la posición o la actitud que me acercasen a ella. Fue una larga identificación; quise darle placer, placer de mujer; servirla, agradarla, ser ella misma, uno con ella: ser Nuncia como ella era yo. A veces, recostado boca arriba sobre la hierba, mirando la fuga celestial (el verdadero cielo, el que se aleja para siempre de nosotros) con Nuncia acostada sobre mi cuerpo, con mis piernas abiertas y trenzadas sobre la grupa de la mujer, ya no era posible saber si ella, realmente, me penetraba. Nuestro vello era idéntico, hermanado, sin separación posible. Al trazar su sombra en el pasto donde a veces dormíamos, no me era posible separar su silueta de la mía; al olerla, me olí con un nuevo aroma de mar en reflujo (como el cielo verdadero), de playa abandonada con los tesoros corruptos de la marea: pulpos y estrellas, calamares, antomedusas, hipocampos y percebes, abulón y cochayuyo; sí, y también, quesos picantes, ahumados, escondidos bajo tierra, envueltos en hojas de vid, salpicados de ajo; y también, aves muertas, mostaza silvestre, bacilos lechosos, liebres aún palpitantes. Al besarla y separar sus muslos y luego humedecerla con mis dedos ensalivados y entrar en ella, conocía el vértigo sin espacio: la ceguera voluntaria, la pérdida del lugar que se está conociendo.

Al hablarle, le dije lo que antes sólo decía a solas. Al mirarla, conocí por primera vez la plata en movimiento, la quietud del agua sólida, las vetas del aire, la pelambre feroz de las bestias dormidas en el desierto . . . .

. . . .

. . . . Pasó el tiempo estival; murieron las flores del almendro; el suelo de los pinares se llenó de piñones y alhumajos; se desnudaron los abedules, y la blancura de sus tallos, fresca guarida del verano, anunció el paisaje otoñal de tinta y oro. Cayeron las hojas, huyeron las aves, agonizaron las mariposas. Fue preciso regresar, temblando, a la casa . . . . A lo que fue la recámara del niño: no he podido olvidar, después de la noche final, sus proporciones, su íntima atmósfera, por más que, ahora, cuando Nuncia me da la mano y vuelve a guiarme, no reconozca el nuevo mobiliario, los nuevos detalles del decorado. Las jaulas han desaparecido. Los muros están recubiertos de cedro y hay muebles viejos y cómodos. taburetes, mesas de café, servicio de té sobre ruedas. Una larga bufanda universitaria arrojada sobre un alto sillón de orejeras, grabados de cacería, un espejo patinado y cerca de él un aguamanil y un estante con viejos artículos de afeitar: navaja, brocha, pote de jabón, correa para afilar. El mismo retrete disimulado. Una escopeta. Un par de esquíes arrumbados. El piano. El tambor.

A lo lejos, resuenan los cascos de un caballo sobre la tierra aún seca; el rumor nos llega por el balcón abierto sobre el parque. Abrazo a Nuncia del talle y caminamos hasta la balaustrada. El ritmo desconcertado se acerca; lo acompaña un lejano tañer de corno, los ladridos sudorosos, eco de sí mismos, inmediatamente perdidos… El galope se vuelve excéntrico; los rumores de la montería se alejan de él; el galope se acerca a nosotros. Todavía distante, por las colinas desnudas que se levantan al sur del bosque, aparece el jinete. Sus facciones son indistinguibles, pero su peligro es evidente; el desenfado con que lo afronta, también. El desafiante caballero cabalga peñas abajo, se levanta apoyado en los estribos, pica espuelas en los despeñaderos, se abraza al cuello del caballo para saltar las trancas, está a punto de caer, es una figura lastimosa, prácticamente agarrada al costado del corcel retinto que resopla con terror, salta la última barrera, entra a nuestro parque…

—Ha estado a punto de matarse —le dije a Nuncia. Ella apoyó la cabeza en mi hombro.
—No te preocupes. Es un buen jinete.

Guardamos silencio, viéndole desmontar, a lo lejos. Después ella añadió: —¿No hubieras preferido que cayera y se rompiera la crisma?

—¿Por qué lo dices?

Ella, que continuaba desnuda, no me contestó. Se dirigió al armario y descolgó un amplio traje de tafetán rojo. El jinete caminaba, guiando de las bridas a su caballo, hacia nuestra casa. Di la espalda al balcón para ver a Nuncia vestirse, con un solo movimiento aéreo; la ropa se detuvo más abajo de los hombros; el corte era alto, como en la moda del primer imperio: el vuelo arrancaba debajo de los senos, que permanecieron altos, capturados. Los pasos del jinete abandonaron el parque, fatigaron la grava. El caballo bufaba detrás de él. El vestido daba a Nuncia un aire regio y embarazado. El jinete, sin duda, amarró las bridas del caballo a la trompa de uno de los elefantes de piedra que guarnecen la entrada de la casa. De perfil, a contraluz: una Nuncia que parecía encinta, con la cabeza baja, los pies descalzos y las manos unidas bajo el vientre. Las fuertes pisadas de las botas se escucharon en el primer pasaje del laberinto. Se acercaron. La puerta se abrió.

Fatigado, con el pelo rubio cenizo despeinado, agitado junto a las sienes y en la nuca, con las botas manchadas de lodo, el saco de caza rasgado, la bufanda blanca y los hombros llenos de espinas y vilanos, el hombre entró a la recámara. Entré yo, yo mismo, un poco más joven que yo mismo, pero con los rasgos, el semblante, la apariencia de lo que yo sería, pocos años más tarde, fijados para siempre. Cerré los ojos. Me dije que no hay dos rostros idénticos en todo el mundo: ¿un mellizo, entonces? Nuncia disipó esa duda. Corrió hacia el hombre, se arrojó en sus brazos, gritando: ¡George! ¡Has regresado! .

. . . .
. . . . Ahora todas las puertas, todos los balcones, todas las ventanas de esta casa están abiertas; cualquiera podría entrar.

Creo que todos entran. Pero no veo a nadie. Sin embargo, ¡es tal el rumor de la ciudad! Hay semáforos en el laberinto; anuncios eléctricos suspendidos en el aire, marcas reconocibles, un alado dios de plata, una fuente circular… Todo un mundo ciudadano frena, se apresura, grita, ofrece, vende, compra, se detiene, inquiere, comenta: lo escucho, no lo veo. La casa se ha hecho más densa; el paso por las antesalas se dificulta, los pasillos se estrechan, hay una nueva atmósfera febril, loca, de fiesta…

Y, sin embargo, detrás de estas numerosas señales de actividad, percibo, al comparar la construcción de ahora con la que conocí anteriormente, un elemento que, lejos de sumarse a la multiplicidad, tiende a la unidad. Pensé alguna vez que la casa se construía, lenta e imperceptiblemente, encima y en contra de los yacimientos rencorosos, el precipicio original. Me pregunté entonces si la casa fue, era o sería. Aún no sé contestar a esa pregunta. Quizá, simplemente, la casa está siendo. Los signos de la dispersión se multiplican, los de la unidad, se acotan. Me es difícil comprender. Pero en instantes fugaces he vislumbrado, más allá del rumor creciente (del caos impalpable), la límpida aparición de una solera, la solidez magnífica de una bóveda de aristas, he circundado, asombrado, una serie de absidiolas. Y he permanecido, mudo, ante una doble puerta y su entrepaño de piedra, coronada, encima del dintel, por un tímpano que describe a la hetaira del Apocalipsis montada en la bestia de Babilonia: el espacio es cerrado por las curvas de bóveda con relieves alegóricos de las bestias: la cabra, el dragón, el búho, el oso, el tigre . . . .
. . . .
. . . . Entré a la recámara. La

tormenta se había disipado; quizá ella disiparía la aparición. Pues sólo a una obnubilación transitoria pude atribuir mi propia entrada —el ingreso de mi propia figura— por la puerta esta tarde. Ya no se oye relinchar al caballo (y fueron sus relinchos, más que nada, los que me obligaron a abandonar nuestra pieza y a lanzarme, una vez más, por los laberintos); estoy más calmado; la visión de la portada románica fue una compensación estética del placer que hoy abandonamos para volvernos a sitiar, impelidos por el cambio de estación, en esta casa. Mi memoria (me empiezo a conformar con esta conciencia) es inasible, fragmentada; quizá la intuición de las formas es anterior al recuerdo: puedo convocar, a cada momento, los espectros de un castillo románico, de una ciudad de la Dalmacia; ahora intuyo, a través de la doble puerta, de las absidiolas, de la solera, de las bóvedas, una forma final para esta habitación plural.

Pero temo, al mismo tiempo, descubrirla en su integridad: ¿significará esa realización la muerte de ese otro hormigueo, invisible, multitudinario que, a ciegas, me acerca a mi verdadera memoria? No es el momento de pensar. Nuncia está en el lecho. Miro hacia las bóvedas. Las argollas de donde pendían las jaulas del niño siguen allí. Nuncia me abre los brazos y esta noche vuelvo a amarla como durante el verano; no, no exactamente igual: ahora la amo recordando cómo la amé durante el verano.

Me detengo entristecido. Ya hay una diferencia, una mínima separación. ¿Lo sentirá, también, ella? Pero la quiero con el mismo ardor, con la misma espontánea voluntad de ser ella para que su placer se duplique. Yo sé que nos amamos a nosotros mismos (¿no me lo ha dicho, a menudo, aquí, mi terror?) y no quiero que ese amor reflexivo esté ausente del que le ofrezco a Nuncia; quiero que sienta, simultáneamente, mi amor y el amor que ella se tiene; quiero amarla para provocar que se ame más a sí misma.

Admiro mi propia pasión; sentado en el sillón de altas orejeras, con los pies sobre el taburete, me veo amar a Nuncia, me congratulo, me excito. Todo esto lo estoy viendo; mis ojos no me mienten. Yo estoy encima de Nuncia, me veo amar a Nuncia, Nuncia goza en mis brazos. No puede haber prueba más eficaz: yo me estoy viendo, sentado, desde mi sillón, en la cama con Nuncia . . . .

. . . .
. . Sonó una campana. Corrí a la puerta, la que vigilan los elefantes de piedra, la que da sobre el parque donde continúa amarrado el corcel. Maniobré el pestillo; la puerta se negó a abrirse. Una voz anciana me dijo del otro lado de la puerta: telegrama para usted, señor. Lo pasó por debajo de la puerta. Yo recogí el sobre, lo rasgué, leí. Decía simplemente:
FELIZ CUMPLEAÑOS GEORGE

. . . .
. . . .
. . . .
. . Regresé a la recámara. ¿Qué otra cosa podía hacer? Sólo mi presencia, constante, al lado de

Nuncia podía exorcizar al doble, al fantasma, lo que fuese... todo menos yo mismo, que caminaba por una galería con un telegrama arrugado en el puño. Me detuve en el umbral. Adentro, yo me estaba vistiendo, nuevamente, con el atuendo de cazador y Nuncia me observaba, con adoración, desde el lecho. Yo (el que se vestía) levanté la cabeza y miré a yo (el que se detenía en la puerta con un telegrama inservible en la mano).

Entra, entra, George, no tengas vergüenza, me dijo (me dije). Mira (indiqué hacia las botas embarradas, fláccidas al pie de la cama), las botas están sucias. La cabalgata fue ardua, la cacería infructuosa. Límpialas, por favor.

No supe contestar a esta afrenta; no tuve tiempo de contestar; yo mismo me estaba diciendo: Anda, de prisa, no tengo todo el día. Siempre has sido lento, George. Te digo que te des prisa.

¿Cómo iba a desobedecerme a mí mismo? Caminé hasta el pie de la cama de la mujer, me incliné para levantar las botas, levanté la mirada para observarla a ella; no supo disimular su sonrisa de desprecio. Y (el otro) me senté al filo de la cama y besé el hombro de Nuncia.

Mis zapatillas también están sucias, George, me dijo la mujer.

Las recogí, junto con las botas; busqué un trapo cerca de mí. No, aquí no, dijo Nuncia. Anda afuera, me dijo George (me dije) . . . . .
. . . .
. . . . Encontré la puerta románica; algunas palomas se posaron en el din-

tel. Me senté en los escalones con las botas y las zapatillas entre las piernas. Luego me levanté y caminé hasta una fuente que antes no había visto. Mojé las manos en sus aguas, limpié el barro del calzado como pude, empecé a escuchar las detonaciones, las sirenas. Un rumor creciente de pies apresurados, de voces atemorizadas se acercó a mí, materializó su movimiento, aunque no su apariencia; me sentí empujado, ordenado, embestido casi; una marea invisible me condujo, sin que pudiese oponer resistencia; las explosiones eran precedidas por un silbido agudo; pude ver cómo se derrumbaban cornisas, dinteles, tramos enteros de la infinita muralla que nos envuelve; caí; me levanté, siempre con las botas y las zapatillas apretadas contra el pecho, temeroso de perderlas, acaso capaz de dar la vida, en este tumulto acorralado, con tal de no perderlas: ¿qué cuentas le daría a Nuncia y al jinete (a mí mismo)?...

Fui obligado a entrar a un cuarto hondo y oscuro; algunas lámparas de acetileno se encendieron allí. Me llegó un olor de ropa mojada, sudores agrios, pipas apagadas. Y me regresó un viejo poema, una cadena de palabras que sólo aquí, gracias a estas circunstancias, pude recordar. Digo que vagaba por las calles ¿navegables?, ¿alquiladas?, ¿estudiadas?, cerca del Támesis igualmente ajeno, cursable, mareable, fijo; y en cada rostro que encontré, marqué los signos de la debilidad y de la desgracia. En cada grito de cada hombre, en cada grito de terror de cada niño, en cada voz, en cada amonestación, escuché las cadenas forjadas por la mente. En las calles de la medianoche oigo la injuria de la joven prostituta; explota la lágrima del niño recién nacido; dañada, para siempre, la carroza del amor… Temblé pensando en el deseo de huir, engañado, lejos de estas murallas desintegradas, hacia un mundo lejano, con menos fatiga y más esperanza que éste. Pero mi memoria se negaba a convocar la imagen de otro mundo fuera de las paredes consabidas. Lugares estáticos, formas incorruptibles, sí: las basílicas de Diocleciano, el palacio de Federico, el poema de Blake; vibraciones, gérmenes, movimientos, no.

     Escuché una nueva sirena. Escuché los pasos arrastrados, el llanto de los niños, las narices sonadas. El sótano fue abandonado por la invisibilidad; perseguí, lentamente, la fuga de la luz. Afuera, la mitad de las murallas no era más que ruinas. El desplome era casi universal. Me arrastré, con las botas y las zapatillas, de regreso a la recámara . . . .

. . . .

. . . . . . Me preguntó, con frialdad, por qué había tardado tanto. Traté de explicarle, hasta donde me era posible: las explosiones, los derrumbes, el miedo, el sótano, el poema… Me ordenó que le pusiera las botas de montar. ¿Cómo me iba a desobedecer a mí mismo? Pasé su pierna entre mis muslos, toqué su pie: era mi propia piel, conocida y reconocida; mis uñas, recortadas en media luna hacia afuera, el nacimiento del vello en el tobillo, el ligero callo del dedo pequeño… Introduje el pie en la bota, tiré con fuerza para calzar bien al caballero.

Se han aprovechado de mi ausencia, dijo (dije) mientras le ponía (me ponía) la segunda bota. Hay demasiado aire en esta casa. Ustedes han creído que el verano iba a durar para siempre. Ilusos. con las ventanas y las puertas abiertas, nos moriremos de frío. Además, dejaremos que entren los rumores, la agitación de afuera. Eso no es posible.

Terminé de calzarlo (de calzarme) y me sentí urgido de una audacia; tomé las zapatillas de Nuncia, me hinqué ante ella y tomé uno de sus pies entre mis manos. Le coloqué la zapatilla; ella no protestó; besé su pie; ella se estremeció. Temí mucho; el salvaje jinete no tardaría en interponerse, golpearme; Nuncia me rechazaría... Levanté tímidamente los ojos; Nuncia me sonreía. Miré a mis espaldas: el jinete (yo) estaba sentado en el sillón de altas orejeras, viéndonos como yo los vi antes. Comencé a acariciar las piernas y los muslos de Nuncia, levanté con la cabeza su falda, por fin apoyé mi cabeza sobre la almohadilla negra, me libré a una enloquecida pasión cunilingüe, Nuncia arañaba las sábanas, gemía; el jinete nos miraba, impasible: yo me miraba . . . . Debemos cerrar todas las puertas, todas las ventanas, todos los balcones, dijo ese hombre, ahora, idéntico en todo a mí mismo (antes, cuando llegó, pude pensar que era más joven que yo; en el momento en que pronuncia estas palabras inquietantes es mi exacta calcomanía; yo muevo los labios al mismo tiempo que él, digo lo mismo que él dice cuando él lo dice; estamos los dos en la cama con Nuncia y hacemos las mismas cosas al mismo tiempo). Pero quizá pensamos dos ideas diferentes; él se propone regresar al claustro que conocí al llegar aquí: encerrarnos de vuelta, clausurarnos; yo aprovecho su idea en otro sentido. Ayer he sido testigo de la ruina de nuestra ciudad; si él ordena cerrar, yo aprovecharé para construir y reconstruir. Hay una hermosa portada románica perdida en este dédalo; de ella se puede partir . . . . ¿Dónde está el gato? ¿Se habrá ido con el niño? . . . . Imaginé las herencias: la cúpula bizantina, el arco árabe. Pero en mi construcción, la piedra sería principal; grandes bloques tallados, emparejados, lisos. Trazaría un plano de tres ábsides paralelos; una gran bóveda cubierta de piedra. La nave central estaría abovedada por un arco de medio punto; las laterales tendrían bóvedas de arista. Los muros serían sostenidos por arcos de descargo y, afuera, por contrafuertes. Quisiera poca luz y un decorado arcaico, escaso: la desnudez general sería revestida, de tarde en tarde, por esculturas en las columnas. Los motivos aparentes de estas columnas —el acanto, la vid, el níspero— serían sólo el motivo formal de las trenzas antagónicas de una columna central a la construcción, pero oculta; una columna jónica, que hacia el oriente describiría las formas entrelazadas del ascenso divino y, hacia el poniente, reduciría las mismas formas a su descenso avernal. Los dos principios coexistirían para siempre: la columna sería el rostro verdadero del templo, enmascarado por el altar.

Pude recoger algunas piedras, exponiéndome terriblemente, en el acantilado. El otro hombre me ayudó. Él no sabía mi propósito. Cree que se trata de tapiarlo todo de vuelta . . . . El maullido plañidero se acerca, crece. Quizá Nino, el gato, teme quedarse fuera de la casa amurallada, busca un resquicio final para reintegrarse a nosotros . . . . La lucha se ha establecido, sorda. Nuestros actos son idénticos; sólo nuestros propósitos difieren. Juntos caminamos, idénticamente, hasta las laderas accesibles de las barrancas; juntos acarreamos los bloques de piedra suelta de regreso al laberinto. Yo tiendo a colocar los bloques, uno encima del otro, en alguno de los amplios espacios donde los muros del pasaje se separan más: secretamente, quiero partir del final, de la culminación: de la columna, para levantar la limpia construcción que he imaginado. El otro pugna contra mí; él quiere utilizar la piedra para cerrar la puerta mayor de la casa, la que custodian los elefantes. Llegamos, sin decirlo, a un compromiso. Colocamos los bloques en el espacio enmarcado por la puerta, sí, pero de un lado y del otro de la columna que así empieza a integrarse yo labraré los signos de mi imaginación. Actuamos juntos, de concierto; pero a mí me asalta una duda que a él le es ajena: ¿de qué lado quedará el ascenso y de cuál el descenso? ¿Mirará el cielo hacia afuera de la casa y el infierno hacia adentro? ¿O al revés? Me siento a punto de abandonar el proyecto; él no puede conocer mi inquietud, ni resolverla . . . .

. . . .
. . . . Lo estoy observando, en todos los detalles de su existencia. Hay
un enigma cierto: no sé si ha regresado a nosotros; o si nosotros —Nuncia y yo— somos su
aventura; si ha dejado su hogar para reunirse con
nosotros o si nosotros somos ese hogar. Un día
al despertar, Nuncia recordó que así Cristo como
Buda recomiendan fervientemente que se abandone la casa, la mujer, los padres y los hijos para
seguir a los hombres religiosos; las virtudes están
en el mundo, no en el hogar. En éste (dicen) sólo
reinan el pecado y la calamidad; la familia está
gobernada por los placeres sensuales y la ambición material; excluye la tranquilidad; la asedian
constantemente el fango y el polvo de las pasio-
nes; la avaricia, el odio, la decepción, la cólera, el
orgullo, el egoísmo; el hogar es el enemigo del
dharma… y de la revolución. La vida errante, sin
techo, sin ataduras es, en cambio, la vida de la
virtud: reclama la paciencia. O la sagrada cólera
. . . .

. . . .
El caballo relinchó; sus cascos patearon furiosa-
mente los muros, pulverizaron a los elefantes
custodios. El caballo rompió las ataduras; huyó,
galopando, libre, cada vez más lejos. Su rumor
se perdió en el bosque y luego, hacia el sur, por
los montes . . . . Conocí a un hombre apresurado e indiferente. Su
languidez es una forma de la impaciencia; su
preocupación, la más segura advertencia de un
profundo desdén. Le gusta subrayar las cosas,

porque en el fondo no le importan: no las asume con la naturalidad que esperaba de él; las reviste de urgencia, deber o prestigio; no es capaz de aceptar en silencio. Tampoco de ofrecer; su amor es el ritual menos enojoso y más veloz del dominio; apenas termina, la irritación recobra sus predios; otros lugares nos llaman; el mundo es tan vasto... Ha olvidado todo; nada prevé. El instante es su amo: falso amo, falso instante; los momentos serán tan plenos como los deseemos sólo si cada uno levanta sobre la fugacidad todo nuestro pasado y todo nuestro futuro: una memoria entrañable, una imaginación consciente de los precios que habremos de pagarle al desgaste, al olvido, a la tristeza. Es un hombre aún joven; podría tener treinta y cuatro años; no sabe que su vida es un milagro; la vive impunemente. Taconea con sus botas, se desnuda con alegría, se viste con vanidad, habla con impaciencia, fuetea con desgano. No espera, toma; no da, recibe; no encuentra, espera. Sin embargo, todas las amenazas de la tierra se suspenden sobre su cabeza altanera y dorada. Lo conozco: jamás ha pensado que la veta mortal comienza en un solo hombre y luego se extiende a las ciudades, a las civilizaciones, al mundo entero. No: ni siquiera ha pensado que las propias venas del universo contienen la muerte: que el mundo puede morir antes que él y, por ello mismo, con él.

Hoy se siente inmortal; mañana querrá saberse inmortal; finalmente se sabrá y se sentirá mortal. Será como todos: una isla que apenas sobrevive, gracias a la endeble magia de la alquimia, en un mar de decadencias, de nieblas irrespirables, de incendios totales, de hielos silentes. Hoy taconea, fuetea, habla, ama, ríe, es dueño de la imposible virtud de saberse vivo. Cree que el mundo vive, más que con él, a través de él. Quizá tenga razón. Si lo partiese un rayo (y no le deseo mejor suerte) el mundo y él morirían simultáneamente. Pero si sólo envejece, si sólo es devorado por el tiempo implacable e irreversible (y no conoce otro: su civilización se lo ha negado): entonces, que los dioses tengan piedad de su alma.

Conocí a este hombre que camina, habla, ríe y ama como yo . . . .

. . . . Esta mañana, al despertar, las sábanas estaban manchadas de sangre. Dormimos los tres juntos. Si yo he despertado, quiere decir que él (yo) también ha despertado y que, como yo, busca (buscamos) el origen de la mancha. No: él duerme, ella duerme y es de la herida del antebrazo de él de donde mana la sangre . .

. . . .

. . . . Cargamos, jadeando, uno de los bloques de piedra del precipicio a la puerta. Miro su rostro sudoroso, el esfuerzo delatado en los dientes apretados y los músculos faciales contraídos: miro mis ojos amarillos. Sus labios ensalivados, como los míos. Camino y cargo ayudado por la imagen de mi espejo. Los labios rabiosos se apartan:

¿Creíste que no regresaría?

Eso no lo dije, no lo pensé, yo . . . . .

. . . .

. . . . ¿Nos estamos, realmente, separando? Él ordena, en todos los sentidos; su voluntad de cerrar para siempre la casa es evidente; si en Nuncia queda un recuerdo del estío, ya no es capaz de demostrarlo: su pasividad me daña. Él, en cambio, es la actividad. En un tiempo que puede ser inmenso o brevísimo, ha logrado condenar todas las ventanas, todas las puertas; sólo permanece abierto el balcón, el primero que quise explorar, aquella noche lejana, detrás de los cortinajes gruesos. Ha establecido horarios: para el trabajo, para el reposo, para el amor. Dirige sin piedad nuestras actividades (que son las suyas y que consisten en cerrar todas las salidas). Ha desempolvado, aceitado, dado cuerda a todos los relojes olvidados de la casa. Su perfil recto, sus labios delgados, sus ojos de tesoro enterrado, su cabellera idéntica a la mía, están en todas partes, vigilando, observando; a veces, por un instante, vacilando: es cuando vuelve a parecerse a mí; cuando nos reunimos.

Un solo hecho bastó para establecer la diferencia. Esta noche, lo he visto venir de lejos, por las galerías iluminadas por altas antorchas de sebo. De acuerdo con las reglas no dichas, yo debería acompañarlo; sólo yo; Nuncia ya no se mueve de la recámara (su vida consiste en esperarnos y gozarnos). Pensé que, sin que yo lo supiera, una variante posible del juego se había establecido: si él venía hacia mí, yo, su imagen perfecta, iría hacia él; si antes nos acompañábamos paralelamente, ahora lo haríamos desde puntos opuestos: finalmente, nos encontraríamos. Pero esta vez, si es cierto que él avanzaba hacia mí como yo hacia él, la diferencia era demasiado grande para ser evadida; yo caminaba solo; él, deteniendo una cadena amarrada a una carlanca, caminaba al lado de un gato gigantesco, manchado, oscuro. Un felino feroz; casi un tigre · Se sentó en el sillón de orejeras, con la bestia a sus pies. Selene estaba lánguida, en la cama. Yo, una vez más, lustraba las botas de mi amo, a la hora precisa en que debía hacerlo todas las noches. Entonces él pidió que le llevara los esquíes que reposaban contra la pared de cedro. Lo hice; él los acarició mientras asentía con la cabeza.

Aquel invierno (dijo) nos embarcamos en Dover y cruzamos a Calais sobre un mar desdeñoso. De Calais seguimos a París en el pullman y allí transbordamos al expreso del Simplón, que nos llevó a Milán y de Milán a Turín. En esta ciudad, trazada como una caserna, pasamos una noche; nos disgustó tanta simetría. A la mañana siguiente, subimos en automóvil a las montañas, hasta vislumbrar el Valle de Aosta. Allí tomamos un cuarto de hotel, en las pendientes de Courmayeur frente al Monte Blanco. Cenamos espléndidamente; la cocina valdostiana es la mejor de Italia; tú elogiaste el jamón ahumado; nos emborrachamos con grapa. Al día siguiente tomamos los esquíes y pasamos en el teleférico al mirador y las pitas del otro lado del abismo de pinos. Las nubes cursaban muy veloces sobre los grandes macizos; la nieve parecía baja, pareja, serena. Bebimos un vov, comimos sándwiches de mozzarella derretido. Luego seguimos en el funicular al punto más alto de la pista. Tú estabas seguro de poder dominar el descenso; era la primera vez que lo hacías. Tu padre…

Lo interrumpí: Yo estaba solo.

Prosiguió: Tu padre creía conocer palmo a palmo las pendientes de la gran montaña, tanto del lado italiano, en Courmayeur, como del francés, en Chamonix. Él te indicó cómo tomar la pendiente glacial…

Mi padre no subió conmigo a la estación más alta. Permaneció en la intermedia.

Pero te advirtió que a doscientos metros del arranque la nieve estaba muy floja y que, desacostumbrados los ojos al reverberar intenso, cubiertos los escasos pinos por la nevada intensa…

Mi padre murió de un ataque al corazón, en el restaurante… Hubo testigos.

Dijo que te precedería, para mostrarte el camino. Tú eras un muchacho audaz y torpe, de dieciséis años…

Lo encontré muerto cuando terminé el recorrido de la gran pista de Courmayeur…

Lo viste precipitarse, clamar, quedar sepultado…

Venía excitado; la montaña se había desintegrado en millones de copos aislados; cada uno era un castillo de navajas, un sol de cristales; no era posible ver alrededor; un mundo brillaba, brillaba hasta marear; yo sólo tenía ojos para ese sendero abierto por las proas veloces que levantaban un manto de polvo; que me cegaba, más que el astro menos imaginable. Velocidad y olvido. Brillo y soledad.

¿Por qué te mentiste durante tantos años? ¿Por qué, al regresar a Inglaterra, contaste que había muerto del corazón? ¿Por qué le pagaste a la cuadrilla de alpinistas para que no dijeran la verdad?

Estaba solo; en ese instante descubrí la gloria de estar completamente solo; nunca lo había sentido antes; por primera vez, era joven, consciente, yo mismo; las navajas del viento, la espuma de la montaña, me amortajaban. Yo estaba muerto. No podía saber de nada más, de nadie más. Era incapaz de auxiliar a nadie. Estaba comprometido con mi propia muerte: con mi infinita soledad: con mi identidad primera.

Nunca estarás solo.

Entonces sí. En la gran carroza blanca de los Alpes.

Nunca. Yo siempre estaré contigo. Hicimos un pacto, ¿recuerdas?

Grité. Había vuelto a clavar el estilete en mi antebrazo. Mezclaba de nuevo su sangre con la mía.

Nunca podremos separarnos… hasta que logremos lo que más hemos deseado…

Tú…

¿Pensaste que no regresaría? ¿No te dije que jamás abrieses una puerta? ¿Nunca? ¿Cuándo deja una puerta de ser una puerta?

Se levanta, con lentitud, con tristeza. El tigre gruñe, se incorpora; él vuelve a tomar la cadena y se aleja en compañía de la bestia. Él me ha devuelto la memoria sólo dos veces; escaso recuerdo, para una vida que imagino, desde ahora, organizada, compleja y por ello capaz de retener la experiencia inmersa en el transcurso de tiempos y la variedad de espacios. Lo veo alejarse con odio: él sólo me otorga la memoria de los insectos, fugaz y débil, incapaz de superar los traumas de la metamorfosis: los intermedios catastróficos del olvido total . . . .

. . . .

. En la mañana, nos afeitamos juntos, frente al aguamanil de porcelana y el espejo duplicado, después de haber amado (ya no sé si simultánea o alternadamente) a Nuncia toda la noche; de haberla amado constantemente, pero ya sin el amor del verano. La costumbre fortalece al placer; asesina al amor. Ella lo acepta así; amada sin interrupción, debe preferir la seguridad de este dominio fiel, de ejecución cada vez más perfecta, a la inseguridad escandalosa de los encuentros libres, azarosos.

Estamos de pie, lado a lado, desnudos: nos miramos dos veces en el espejo; usamos la misma navaja de barbero; la afilamos en la misma correa renegrida por el uso. Hoy miro más intensamente; el acto acostumbrado en nada varía de los que repetimos diariamente; la conciencia del cambio despierta en mí muy lentamente. Pero cuando la poseo, mis ojos se abren. Ante todo, imagino que, de una manera impensable (pues nuestros tiempos y nuestros espacios son comunes) él es dueño de lugares y horas suplementarios. Su aspecto, súbitamente revelado en ese espejo, es el de alguien que ha hecho algo más que yo. Un tiempo más, otra parte: ha añadido a nuestra vida momentos que yo jamás he vivido. Lo dicen las ligeras arrugas alrededor de mis ojos, las entradas en la frente, la mueca fatigada de los labios, el lustre apagado del pelo y de los ojos.

Lo estoy mirando y él se da cuenta, por fin, de mi culpable curiosidad. Trato de reasumir una actitud normal; me enjabono por segunda vez las mejillas. Él me mira con tristeza y desprecio; luego murmura:

¿Qué has hecho de mí?

Me pega una bofetada y se aleja . . . . .

. . . .

. . . . Tomo la larga bufanda universitaria; la anudo velozmente con los puños. Nuncia me mira como si emergiese de un sueño sin fechas.

—¿En qué estabas pensando?

—Tú lo sabes.

—No te serviría de nada.

—Odio su despotismo, su pasión, su crueldad, su indiferencia, su prisa, su altanería, su infinita actividad, su orden, su implacable verdad… Me son intolerables.

—Si lo matas, quizá no sobrevivirás. Además, ¿cómo sabes si le queda mucha o poca vida por delante?

—¿Tú lo sabes?

Éstas fueron sus palabras:

Sólo sé que el que debe morir, aun el condenado a muerte, jamás sabe con certeza si

ha de morir realmente. Durante aquellos tórri-
dos días de la primavera levantina, todo estaba
preparado de otra manera. Él no quería morir.
Había concebido un plan maestro: se ofrecería
como mártir; se entregaría, aprovecharía el juicio
para proclamar su falsa verdad desde las más altas
tribunas del reino. Ese pequeño pueblo que lo
había seguido, que crecía en él, que le debía
asombro y salud, ¡ah!, ese pueblo, en cuanto
supiera que él había sido condenado, se levanta-
ría en armas, derrocaría a los tiranos y a los verdugos, impediría que la espantosa ejecución se
cumpliese. Dos hombres interrumpieron el proyecto. Uno, por acción; el otro, por omisión. Él
no contaba con un traidor tan compasible ni con
un juez tan indiferente. Uno, al delatarlo, se le
anticipó; el otro, al lavarse las manos, lo pos-
tergó. Él pensaba en las grandes unidades de la
fatalidad; desconocía las necesidades parciales,
arbitrarias, de un oscuro discípulo o de un pre-
potente funcionario. Carecía, en otras palabras,
del sentido de los humores ajenos. ¿Por qué iban
a colaborar con su proyecto un hombre que se
levantó con el designio de ganar treinta dineros
y otro preocupado por la salud de su perro? Él
creía que su destino era reinar sobre este pueblo
primero y luego, al frente de todos los esclavos,
propalar, por todos los confines del imperio, la
revolución impensable de la multitud liberada.
Él quería reinar en esta tierra; era ambicioso,
intrigante, más fariseo que el más blanqueado de
los sepulcros humanos. Pero le faltaba la mo-
desta necesidad de su delator o la suprema indi-

ferencia de su juez. Él era un hombre ambicioso que, al mismo tiempo, se atrevía a soñar; es decir, utilizaba lo posible para alcanzar lo improbable. Pero la política es una minuciosa afirmación de lo improbable para alcanzar lo posible; es la práctica de la dispersión del sueño. Pagado el traidor, inscrita su denuncia en la monumental contabilidad de las provincias, era imposible aceptar el acto gratuito de un mártir autoproclamado; y el procurador, por su parte, no tenía por qué fomentar el prestigio de los magos locales. El pobrecito pensó que su desafío incendiaría la soberbia imperial; el imperio, más discreto, lo entregó en manos de sus más seguros verdugos: sus semejantes. Quiso triunfar en esta vida. Quiso llegar a Roma y reinar sobre la segunda época. Una gran paradoja se posó, como una paloma negra, sobre su cabeza: le reservó lo que él menos deseaba: el triunfo póstumo. No reinó; murió en la segunda época. Su muerte abrió, con un gran signo de interrogación, la tercera. Pobre, pobre hijo del hombre, de la tierra, del hambre.

—Está loca —dijo (dije) desde la salida de la recámara—. Cuenta leyendas ajenas.

Trencé de nuevo la gran bufanda; corrí hacia él; como en los precipicios glaciales de esa adolescencia que él se atrevió a recordarme, quise estar solo; solo, con Nuncia; pasaría este otoño, sufriríamos un invierno deliberado, de rincones frágiles y tenues aspiraciones; se cumplirían nuestros deseos: el clamor de la primavera derrumbaría las puertas falsas de esta morada con su condena de promiscuidad, reflejo, duplicidad;

saldríamos de nuevo al bosque del verano. Seríamos uno: los dos. Me arrojé sobre él. Abracé a un hombre que me miraba con compasión, afecto y, aun, cierto desdén; el oro mate del cabello era una naciente seda blanca; los ojos se habían hundido un poco en cuencas tejidas; la frente albeaba de palidez; en las mejillas adelgazadas, en el mentón tembloroso, crecían las canas. Sus manos estaban vacías y dobladas sobre el pecho.

      Lo abracé. Separé sus manos. Las besé. Lo conduje tiernamente, afligido, a la cama que, instintiva (¿preconcebidamente?) Nunca desocupaba . . . .

. . . . Allí, curamos sus heridas, lo desnudamos, guardamos secretamente la ropa devastada por la furia del tigre: aun la bestia desconoció a su amo

. . . . Velamos cerca de él largo tiempo: las noches son innumerables. Temimos por su vida; un tenue hilo de palabras la mantuvo, pesarosamente; no me atrevo a repetirlas; no quise creerlas. La memoria del viejo era todo lo que el niño y el hombre me habían recordado, es cierto; era, además, todo lo que yo había olvidado. Pero recordarlo todo es, nuevamente, olvidarlo todo. Cuando por fin abrió los ojos (perdidos para siempre en dos oscuras minas de vetas nacaradas) guardó silencio mucho tiempo. No me miró; pero esta vez yo tampoco deseaba verlo. Nuncia, una noche, se cambió de ropa. Dejó que la rica estofa escarlata se desprendiese de sus hombros; me mostró por

última vez la turgencia de sus pechos, la flagrante blancura de su vientre; la llama negra de su sexo. Luego vistió el traje blanco, largo hasta los tobillos; las medias, las zapatillas blancas; se tocó con la cofia: se amarró el delantal. Era la misma: empecinada, triste, lejanamente enferma, ahora solícita, candorosa. Se acercó al viejo, tocó su frente con una mano, le tomó el pulso con la otra. Como el caparazón de un insecto, la piel del anciano es tenue; cruje un poco al ser tocada; es una seda demasiado frágil . . . .
. . . .
. . . . Él llegó; los rumores cambiaron. La sonoridad que, en otro tiempo, me guió a lo largo de los laberintos era, de alguna manera, progresiva: me permitía ir de un lugar a otro porque los ruidos avanzaban con el tiempo que yo era capaz, así fuese inciertamente, de medir: el sonido iba, como mis pasos, como mi tiempo, de un punto a otro. Ahora, casi como si una cinta magnética hubiese empezado a correr en reversa, los rumores se alejan, no en el espacio (creo, inclusive, que su volumen ha aumentado) sino en el tiempo. Las campanas resuenan con urgencia de armas; hay un secreto estruendo de aguas, de barcazas fugitivas en el río; hay gritos de muchedumbres, pisadas, furiosas sobre puentes de madera; luego un enturbecido resonar de piedras y lodo arrojados con cólera; después el pesado clamor de armaduras, espuelas de fierro, espadas sin compasión. La gritería no cesa: delata hambre . . . .
. . . .

. . . . El cuarto del niño (los juguetes, el silabario, los disfraces, las jaulas); el cuarto del hombre (la madera, los sillones, los grabados de caza);
ambos desaparecieron. El cuarto del viejo es
desnudo. En los muros la piedra lisa y el ladrillo
crudo alternan su soberana austeridad. En la
cama yace el anciano silencioso. No recuerdo
cómo eran las del niño y el hombre; ésta la reconozco. La ocupé cuando llegué a este lugar: es la
cama de cobre, envuelta en mosquiteros, coronada por un toldo polvoso. La reconozco. Su
ocupante jamás me habla, jamás me dirige la
mirada. Atribuyo su indiferencia a la enferme-
dad; su rencor, no sé situarlo . . . .
. . . .
. . . . He perdido el camino.
Sin embargo, los rumores son ahora los que
soñé. Pero las formas me traicionan. En la recámara del viejo, las jaulas han reaparecido. Las
mece el cimbrarse total de las murallas. Un trabajo invisible y febril nos rodea; ni Nuncia ni el
viejo parecen enterarse de él. Pero yo escucho
cómo se mezcla en las bascas la cal y el agua; cómo
se excavan las tierras y se trabajan las canteras;
cómo se ahondan los cimientos y se tienden las
hiladas; cómo crujen las carretas y bufan los
bueyes; cómo gimen los hombres y llamean las
fraguas. Busco incesantemente la columna que
empecé a construir con aquel hombre desaparecido, casi olvidado; debía ser el origen y la culminación del hermoso edificio que soñó. Ahora
empiezo a tocar otras cosas: las galerías trazan
bóvedas distintas, en los nichos se aposentan

gárgolas deformes; al final del laberinto, una luz de ámbar y océano comienza a abrirse paso. Las ojivas se cruzan por doquier. Y desde lejos avanzan hacia mí Nuncia y el anciano; ella empuja la silla de ruedas; él, cabizbajo, se niega a reconocerse cuando pasan junto a mí. Sólo la tristeza de la mujer me redime . . . .

. . . .

. . . . Por fin, esta noche (¿por qué insisto en medir así el tiempo?: la oscuridad en la recámara es permanente; la luz al fondo del corredor, también) el viejo ha dicho algo. No comprendo en qué lengua habla . . . .

. . . .

Una de las seis jaulas ha sido ocupada. Es el cadáver, pestilente y tumefacto, de un gran tigre. Sus colmillos son amarillos, como ciertos ocasos . . . . Intenté recordarle a Nuncia lo que sucedió durante aquel maravilloso, lejanísimo verano, cuando las puertas y las ventanas de la casa se abrieron. Primero no quiso escucharme; negó una y otra vez con la cabeza. Después, lloró . . . .

. . No tuve que pedírselo; espontáneamente, comenzó a traducirme lo que murmura, a veces, el anciano recostado en la cama, casi inmóvil (su respiración es un pajareo alarmante; las sábanas apenas lo denuncian) con los brazos y la cabeza hundidos en los cojines que Nuncia, a cada momento, le acomoda. Al principio, no entiendo muy bien. Los labios del viejo se han concentrado, como una fruta dejada a madurar excesivamente; las arrugas amoratadas le sellan

la boca. Comienza siempre con locuciones lati-
nas, que Nuncia no se toma el trabajo de traducir: Sic contritio est dolor per essentiam. Luego
regresa a su lengua incomprensible y ella repite
las frases en inglés. Dice que no es preciso recordar todos los pecados en el momento de arre-
pentirse; basta con detestarlos todos. La
contrición, añade, debe ser universal. Puede
serlo, de todos modos, si sólo se detesta un pecado singular en virtud de un motivo general.
Peccatum non tolitor nisi lacrymis et paeniten-
tia. Nec angelus potest, nec archangelus.

Se detiene; deja de hablar durante
¿horas? Luego reinicia, lentamente, el discurso.
Ella me traduce: tres tesis escandalizaron al
mundo; la primera fue la de la eternidad del
universo; la segunda, la de la doble verdad; la
tercera, la de la unidad del intelecto común. Si
el mundo es eterno, no pudo haber creación;
si la verdad es doble, puede ser infinita; si la
especie humana posee una inteligencia común,
el alma individual no es inmortal, pero el género
de los hombres sí. Logra murmurar: descubrir
los caminos de esa supervivencia común es el
gran secreto. Luego vuelve a caer en una imbeci-
lidad babeante y senil . . . .
. . . .
. . . .
. . . . El búho ha ocupado
la segunda jaula. Está vivo y nos mira la noche
entera. Yo trato de dormir al pie de la cama em-
polvada. Nuncia jamás abandona al viejo. Sospecho que se está construyendo una gigantesca

ventana al fondo del corredor. Pero la sombra y la luz nos desamparan por igual . . . .

. . . . , ...

. . . . He visto cinco lotos flotando en el estanque del jardín. Sin razón, me recordaron las promesas hechas. Aquí; en este jardín, en estas recámaras. Miré los lotos y gracias a ellos me di cuenta de que ya podía recordar mi vida en este lugar. Como en otra ocasión, me pregunté: ¿podré, entonces, volver a recordar mi otra vida cuando deje ésta? Sólo dos veces mis acompañantes, el niño y el hombre, entreabrieron las cortinas de ese pasado que debió ser el mío. Conocí el amor de mi madre y la muerte de mi padre. Supe que ni el uno ni la otra fueron libres; conocí la elemental y clara verdad: ser engendrado, nacer, morir, son actos ajenos a nuestra libertad; se burlan ferozmente de lo que, precariamente, tratamos de construir y ganar en nombre del albedrío. ¿Será esta vida, la que por primera vez puedo recordar que he vivido en este lugar, el ofrecimiento de la libertad que no tuve en la otra; será, por el contrario, sólo una esclavitud diferente? ¿Qué promesa me recuerdan los cinco lotos? ¿Y a cuál de los dos mundos incumbe su cumplimiento? . . . .

. . . A veces, aprovechando que el viejo duerme, Nuncia vuelve a hablar por sí misma. Murmura: Pueda yo también darle vuelta a la más alta rueda; habiendo cruzado, pueda conducir a otros a la orilla lejana; liberada, pueda liberar a otros; confortada, pueda confortar a los demás .

. . . .

. . . . Cuando
me canso de dormir y de esperar, vuelvo a caminar por las galerías. Un cierto orden se está im-
poniendo; lo afirman algunas simetrías, que
antes no sabía distinguir: la gran ventana gótica
del poniente posee, ahora, una correspondencia
en el oriente; las ojivas se suceden con regulari-
dad; pero si orden hay, el caos de los murmullos
se ha vuelto ensordecedor: lo niega, lo destaca y
sólo por instantes lo asume: cuando logro selec-
cionar, entre el barullo, mugidos de ganado y
sonar de ruedas sobre empedrados; gritos de
lucha y de juego; plañidos de hambre y de
muerte. El vuelo bajo de los pájaros . . . . . .
. . . .
. . . . Las zapatillas de
Nuncia están, nuevamente, sucias. Han enlo-
dado el piso de la recámara. Pero ella continúa al
lado del anciano. En una de las jaulas, está una
cabra. Me observa con impenetrable estupidez .
. . . .
. . . . El viejo
ha insistido en no reconocer mi presencia. Pero
esta noche, despertó con un sobresalto. Comenzó a hablar agitadamente. Nuncia cerró los
ojos y tradujo:

Dios dejó incompleta la creación. Ésa es
su imperfección. La verdadera creación debió ser
absoluta, fatal, sin fisuras, sin posibilidades ulteriores; un verdadero Dios no pudo entregarla al
capricho de los hombres débiles y concupiscen-
tes. Completarla, sin embargo, es la carga de los
hombres. Un hombre solo no puede; ¿la especie

entera tendrá la fuerza necesaria para frustrar el designio de la divinidad? No recuerdo todas mis vidas; ésa es mi imperfección. Mi memoria sólo se remonta al origen de mi conciencia; detrás de ella, reinan las tinieblas; después de ella, sólo la indiferencia (y quizá la selección involuntaria) la ofuscan. Recordarlo todo —ya lo he dicho— es olvidarlo todo, si así lo desease. Me volvería loco: mi vida sería idéntica a la naturaleza. Mi proyecto es de signo contrario: diferenciarme de la naturaleza, apurar hasta sus últimas consecuencias esa incompatibilidad que, desde siempre, ha condenado y destruido nuestro espíritu. Pues apenas atestiguamos que nuestro tiempo no es el natural, sucumbimos, enmudecidos de terror, ante esa resignada evidencia. La indiferencia impenetrable de los océanos y las montañas, de las bestias y las aves, de los peces y las selvas, nos derrota, lo primero que sabemos es que el mundo no nos desea; nosotros lo necesitamos, él no nos requiere. No, no quiero decir esto; sería decir que la naturaleza nos recompensa con algún sentimiento, así sea el del rechazo. Para ella, que lo es todo, nosotros somos nada. Aun las construcciones con las que pretendemos crear esa aberración, una naturaleza humana, acaban por excluirnos: durarán menos que nosotros, y entonces las vemos con tristeza; durarán más que nosotros, y entonces las vemos con rencor. La equivocación fundamental siempre es la misma: dominar lo que no nos necesita, infundir nuestro tiempo a un tiempo adverso. Entendí esto mientras dictaba mi cátedra en la Universidad de

París; me dije entonces que la salvación consistía en inventar un tiempo propio y total, que se desentendiese por completo de la funesta ambición de insertar un tiempo, por fuerza, fragmentado, en la intemporalidad natural o de exigirle a ésta que sometiese su totalidad absurda, su desgaste milenario, a nuestra racionalidad medible por fugaz. Publiqué tres tesis que escandalizaron al mundo. Ya las he enunciado. Eran una simple aproximación a mi pensamiento más profundo. Bastaron para que fuese condenado, en 1270, por Étienne Tempier, obispo de París, y combatido, con una saña tanto más feroz cuanto que era disfrazada por las fórmulas de la beatitud, por Tomás de Aquino. Huí a Italia. Me encerré en una casa; me encerré en una recámara desnuda de la casa, condené las ventanas, prohibí la cercanía de la luz, contraté a un criado que, según los rumores, había estado recluido una vez en un manicomio. Le di órdenes de no mostrarse, de no dirigirme la palabra, de limitarse a prepararme la comida necesaria para no morir de hambre y de pasármela en un plato por debajo de la puerta una vez al día. Me senté a repetir, incansablemente, las tres verdades: el mundo es eterno, luego no hubo creación; la verdad es doble, luego puede ser múltiple; el alma no es inmortal, pero el intelecto común de la especie humana es único. Esperaba llegar, por esta triple vía, a la unidad: al pensamiento de los pensamientos. A veces, culpablemente, admitía nociones intrusas: me decía que la estructura objetiva de la naturaleza no puede ser pensada sin volverse loco; no es ésa nuestra misión; nos derrota de antemano; cada aproximación a los secretos que no nos incumben es una falsa victoria; nos distrae de nuestra única tarea, que es encontrar el pensamiento que no puede ser afectado por la naturaleza; a fuerza de aproximarnos a la naturaleza, sacrificamos lo único que nos distingue de ella: la imaginación y la voluntad únicas y eternas de los hombres mortales que incesantemente repiten y emanan al primer ser que fue la causa inmediata del primer pensamiento. Fragüé todas las imposibilidades: pensé en los tiempos reversibles y en la simultaneidad de los espacios, llegué a creer que lo que sucedió jamás había sucedido y que lo que jamás había pasado ya estaba registrado por la historia; imaginé esferas cuadradas, triángulos de innumerables costados, curvas rectas, objetos a la vez infinitamente espesos e infinitamente ligeros, poemas que desintegrarían la materia oral y escrita, lenguajes prohibidos, ciudades ubicuas, estatuas parturientas y colores absolutos. No precisaba un espejo; sabía que la concentración imaginativa me estaba reduciendo a la idiotez; la baba me escurría por los labios; comía con dificultad; mis miembros se movían sólo ocasional y torpemente; evacuaba sin dominio; dormía sin sosiego. Y desconocía lo que sucedía del otro lado de la puerta. No estaba solo; no podía imaginar los sentimientos del sirviente que, con tanta puntualidad, me pasaba el plato de latón todas las tardes por debajo de la puerta. Repetía sin cesar: el mundo es eterno, la verdad es múl-

tiple, el alma no es inmortal. Imaginaba la con-
tradicción: el mundo es mortal, la verdad es
única, el alma es eterna. Discernía lo deseable:
los mundos son múltiples porque la eternidad es
sólo las formas de la mutación; las verdades son
eternas porque su multiplicidad asegura que
serán, así sea parcialmente, trasmitidas: la verdad
única puede ser enterrada para siempre, perdida
para siempre, en el centro de una uva; y el alma
transita, mortal, pero transformable, entre aquellos mundos y estas verdades. Pues si el terror
original dependía de la radical oposición entre
un mundo que no muere y un alma que debe
morir, la radical conciliación sería que ni el
mundo ni el alma muriesen. La mentira de esta
proporción era demasiado flagrante: el mundo
nos parece eterno sólo porque su tiempo de
morir es de un ritmo distinto al nuestro. Luego,
la conciliación era de otro orden: el mundo y el
alma deben morir juntos. La eternidad debería
ser la sincronización total de nuestra muerte y la
del mundo. O, visto de otra manera, la alianza
indistinguible entre nuestra vida y la del mundo.
Por el camino de la oposición, había llegado al
punto de partida, sólo que en vez de imponerle
mi tiempo a las cosas, iba a dejar que las cosas
me impusieran su tiempo a mí. Pero la suma del
tiempo natural, ya lo había dicho, es la intemporalidad: la brevedad de una libélula es compen-
sada por la permanencia de una montaña, el
tiempo del mar es limitado por el de un camarón
y expandido por el de los cielos que refleja. La
eternidad es una ilusión de tiempos compensa-

dos, un continuo en el que los seres de corta vida se suman a los de larga vida y éstos, a su vez, reengendran a aquéllos. Si hubiese sido mariposa —me dije— ya estaría muerto; si fuese río, aún no habría nacido. Vislumbré el secreto de la reencarnación: el mundo es eterno porque muere renovándose; el alma es mortal porque vive de su singularidad intransferible. El Papa Inocente III impuso la siguiente profesión de fe a los valdenses, sancionando así las resoluciones de los Concilios de Braga y de Toledo: Creemos de corazón (y lo manifestamos en voz alta) en la resurrección de esta misma carne que portamos y no de otra. Incurrí en el anatema quinto de la carta de Justiniano al Patriarca Menas: sostuve, en la soledad de mi recámara, que la resurrección sólo es posible si abandonamos a tiempo, y para siempre, el cuerpo que habemos; afirmé lo que la patrística negó: si quis plasmationem humani corporis diaboli dicit esse figmentum et conceptiones in uteris matrum operibus dicit daemonium figurari, A. S. Hice traer a una mujer del pueblo a mi casa. La sometí a mi propia y escasa lujuria. Intenté todas las combinaciones. La obligué a buscar cópula bestial en los montes. Mezclé mi semen con el de los machos cabríos y los tigrillos. La envié a dormir en el aposento de la servidumbre. Dejé al azar el posible encuentro con el criado loco que me servía. La mujer quedó preñada y, apenas supe de esta concepción, pude imaginar, de un golpe, todas mis vidas anteriores y todas mis reencarnaciones futuras. Misteriosamente, había obtenido mi inserción en el inmortal intelecto común de los hombres. Temblando, sudoroso, mortalmente fatigado, fui un cazador tan desnudo como las bestias que acosaba y me acosaban, un constructor de dólmenes, un esclavo fustigado junto a un gran río, un pícaro mercader en tierras arenosas, un fatal soldado en los ejércitos de Darío, un discípulo frívolo y sensual en el ágora de Atenas, un luchador iletrado y voraz en los circos de Roma, un mago descalzo, colérico y elocuente en los olivares de Palestina, un emigrado que llora a orillas del Bósforo; de nuevo, en Roma, un compasivo y audaz pastor que lleva cantarillos llenos de leche a las catacumbas; más tarde, un devastador de las ciudades inconquistables; en seguida, un conquistador pacífico, *sine ferro et igne*, de las mismas tierras que antes profané; servidor, en fin, de la universidad magistral, expositor de tesis condenables, teólogo en fuga, anciano encerrado en su recámara, pensando sin cesar las fórmulas del tiempo, de la resurrección, de la continuidad, servido por un loco y acompañado de una mujer imbécil y preñada… pensando lo que seré, como ya sé lo que fui: labriego numeroso en tierras de Poitiers, prácticamente dueño de mi parcela, expulsado de ella por el rey, obligado a convertirme en pequeño artesano de la ciudad, muerto nuevamente en una de las guerras de sucesión, falconero de un duque español en mi siguiente resurrección, marinero joven y sin temor, arrojado por un naufragio a tierras que antes no había pisado un hombre europeo, portador de las nuevas increíbles, cazado como un venado en tierras de Almería, presa de la Inquisición, monje abhidarmista en Calcuta, fabricante de pólvora para los festivales en Shangai, fabricante de tejidos en Londres, músico en la corte de Mecklenburgo, arquitecto a orillas del Neva, soldado hambriento en los campos de Boyacá, navegante infinito del Ohio; otra vez, cazador de bestias en las soledades de la Bahía de Hudson. Todo esto seré. Cada vez, en un cuerpo distinto, pero con una inteligencia única.

Lo interrumpí: —¿Y ahora? ¿Quién eres ahora?

Él dijo una palabra incomprensible; Nuncia tradujo:

—Ahora soy tú . . . .

. . . .

. . . .

. Yo estaba tan cerca del viejo, atento a su aliento falleciente, hipnotizado por su voz extranjera más que por la entristecida traducción de la mujer. Él dijo: Ahora soy tú y, de entre las pálidas sábanas, extrajo el estilete que clavó en mi antebrazo; grité por tercera vez; comprendí las palabras del anciano antes de que Nuncia las dijese en inglés: Hemos hecho un pacto. Estaremos juntos, siempre juntos, hasta lograr lo que más hemos deseado. ¿Cuándo deja una puerta de ser una puerta?

La fuerza de la agonía temblaba en los puños del anciano. Arañaba mis manos y mis brazos como si de mi vida dependiese lo que huía de su pecho; yo no podía distinguir esa muerte vecina de un terror actual; el hedor repulsivo del viejo, sus antiguas secreciones, el vaho soterrado de sus labios, me repugnaron: Ahora soy tú, olí, toqué, vomité las palabras malditas. Detrás de nosotros, la luz se agrandaba, como si el gran vitral gótico de la galería se hubiese aproximado y el viejo habló; ella tradujo:

Apenas tenemos tiempo. Debes decidir rápidamente. Puedes escoger tu propia muerte. Puedes morir en la hoguera de Sevilla o en los campos de Aquilea, pueden matarte un centurión romano o un escorpión egipcio, puedes morir del cólera en Marsella o de una lanzada lituana en Novgorod, puedes ahogarte en el mar de Sargazo o ser sacrificado en un altar sin historia; pueden devorarte las bestias del alba; puedes morir del hígado en la cama de tu espléndida casa en Covent Garden; puedes caer, fatalmente, del balcón de tu amante en Lima; puedes morir por abulia, coraje, accidente, sentencia, voluntad o tristeza: en todos los casos, yo estaré a tu lado, listo para absorber tu último aliento y pasarlo a un cuerpo distinto, nuevo, apenas concebido, gelatinoso aún en el útero de una mujer. Mío. Tu muerte será la continuación de mi vida. A donde salgas, en este momento, encontrarás tu muerte; te esperan los verdugos, los microbios, los puñales, los océanos, las piedras, los leones; te espera el lugar que tú escojas para tu muerte: los muros se harán transparentes, las ciudades serán las que tú escogiste para morir; los testigos, los que realmente estuvieron presente; las soledades, las que el destino te adjudicó. Debes darte prisa; esto te lo estoy contando en otra época, que tú desconoces y cuando tú ya no eres o aún no eres. Por favor, decide. Debemos, por fin, separarnos. Ya tenemos lo que más hemos deseado. Me toca renacer, gracias a ti. Nadie me reconocerá. Todos los que me conocieron habrán muerto. Date prisa. Cada hombre vivo posee treinta fantasmas: somos la mayoría, no puedes combatirnos. Yo estoy sentado, pensando, en una casa en las afueras de Trani. Un criado se aproxima a traerme comida. Una mujer encinta espera el momento decisivo a mi lado. Te estoy pensando totalmente; tú eres, en este instante, el pensamiento de los pensamientos. Date prisa. Decide. Ya no tarda.

Nuncia dejó de traducir. En su mueca de mujer desobedecida y amedrentada brillaba el terror de una sabiduría: todo iba a reiniciarse. Habló con sus propias palabras.

Omitió contarle que también murió un viernes por la tarde, en una colina en las afueras de Jerusalén. Sus labios sabían a vinagre. Yo lo sé. Recibí su cuerpo amoratado por la asfixia; lo besé llena de piedad.

No tuvo necesidad de traducir las palabras irritadas del anciano. Yo las conocía. Era la tercera vez que las pronunciaba: Está loca. Cuenta leyendas ajenas.

Luego, el anciano se estremeció y ella volvió a hablar en su nombre:

Tenía que compartir la visión con alguien. Cuando el criado pasó el plato por debajo de la puerta, me libré a mi impulso; la abrí. Allí estaba él…

Con la creciente luz, se acercaron los pasos. No tuve tiempo para librarme del viejo, de su agónico abrazo. Caminaba hacia nosotros un hombre con calzas negras y una burda camisa de vello; su pelo rojizo era una maraña centelleante; sus ojos negros negaban la caridad; la locura era dueña de sus labios. No tuve tiempo, en verdad. El desconocido avanzaba con un plato entre las manos; una sebosa frialdad afeaba sus bordes. El hombre se inclinó, dejó el plato en el suelo, lo empujó hacia adelante Nuncia, obscenamente serena, ajena a la situación, volvió a traducir las palabras del viejo: ¿Cuándo deja una puerta de ser una puerta?

El hombre inclinado contestó, con una voz irreal, triste y amenazante a la vez: —La puerta horizontal… es la tumba.

El viejo soltó mis manos; el criado se arrojó sobre él, le arrancó el estilete del puño y los clavó una vez, y otra, y otra más, con una danza helada y reluciente, en la espalda del anciano. El viejo logró mirar hacia las jaulas; logró sonreír; logró decirle a Nuncia (y ella, mecánicamente, repitió): No pudiste llenarlas, mujer; te faltaron dos presas; no alcanzaste a cazarlas todas . . . .

. . . .

. . . .

. . . . Huí del lugar; sé que renuncié al valor y a la compasión; al dolor también. Detrás de mí escuché los pasos apresurados del criado; luego, sus pisadas, como las mías, fueron tragadas por el rumor en los laberintos que nos envuelven. Todo adquiere forma; muros y siluetas, cúpulas y rostros se despintan, como si su anterior invisibilidad hubiese sido el producto de una negrura total: la oscuridad impenetrable, como la transparencia más límpida, son igualmente prohibitivas para el ojo del hombre. Las galerías que tanto he recorrido se llenan de gente; el criado, en la muchedumbre, es uno más; toca mi hombro y murmura, riendo:

—Este lugar acabará por tener una forma, pero tú no la conocerás... Guarda el estilete ensangrentado en la fajilla del pantalón y se aleja, perdido para siempre, a lo largo de los muros negros, que comienzo a reconocer, y de las blancas murallas de piedra de Portland, blanqueadas aún más por la intemperie.

Redoblo el paso; la ciudad es inmensa y por fin la reconozco.

Sé que sólo gracias a las palabras del viejo asesinado puedo reconocerla: comprenderla. Mi mirada es tan vasta como la ciudad. Mis pasos me conducen velozmente de un sitio a otro. Puedo, al fin, intentar una explicación: reconozco los lugares porque aquí he vivido siempre, pero antes no lo sabía porque no estaba acostumbrado a ver lo que fueron al tiempo que veo lo que son. Camino por Maylebone Road con sus casas de ladrillo y sus aguilones verdes, pero al mismo tiempo y en el mismo espacio recorro los cotos de caza del rey, observo el vuelo de faisanes y escucho el rumor de liebres. Camino por la ciudad de mi infancia, siempre tan similar a sí misma y al mismo tiempo tan abierta a las novedades que la afean, la degradan, la ensordecen: observo con rencor los rascacielos, las cafeterías chillantes, los pórticos de los casinos, los anuncios; siento cerca el aliento del tiempo, en los avisos sobre los autobuses colorados, en las grandes hojas que proclaman desde los quioscos las noticias del día; pero ahora el alto taconeo de las muchachas con minifaldas, ahorcadas por las cuentas de colores (los ojos ausentes detrás de las gafas violetas) se cruzan sin alarma con el rumor descalzo de las vendedoras de leche que gritan su mercancía: "Leche de vaca, leche de vaca colorada"; y el paso victorioso de los muchachos con melenas sucias pantalones apretados con el de los galanes de pelo empolvado y las cortesanas de falsos lunares y miriñaques crujientes. Los altos autobuses y los veloces Ferrari se funden en el Strand con los caballos de posta, las sillas sedán, las carrozas y las diligencias. En Covent Garden no hay nada y al mismo tiempo son levantadas unas casas, son derrumbadas otras, los hombres de levita y sombrero de copa caminan y discuten bajo las arcadas de la piazza, las carretas llenas de frutas y verduras obstruyen el tránsito; reconozco las alcantarillas de la ciudad, pero simultáneamente veo a mujeres rojizas vaciar la basura en las calles malolientes; veo el moderno Puente de Londres y en el mismo lugar veo una construcción anciana y raquítica, apiñada de construcciones y bazares; el paso vencido de los viejos de hoy, hombres color de cera que desfondan sus pantalones con los puños crispados, se mezcla con los acentos antiguos y extranjeros de la agitación comercial en las estrechas callejuelas invadidas por caballos, perros, el paso de ganado rumbo a los mataderos, los vagabundos, los frailes aún tonsurados lanzados a la mendicidad y el robo al ser disueltos los monasterios; las ancianas de hoy, con los bonetes negros donde brillan las agujas, con las gargantas apremiadas por las perlas falsas (en las manos llevan bolsas de papel color café, teñidas) circulan tocando los sombreros hechos por los franceses de Southwark, las telas tejidas por los holandeses de Westminster; y al mismo tiempo, veo en los mismos lugares el Mercurio plateado de Picadilly, los anuncios de Players y Bovril, las insignias de la casa Swan & Edgar, la fachada del Hotel Regent's Palace y la marquesina del cine Cameo anunciando *To Sir With Love*. Pasan frente a la Country Fire Office cinco monjes cistercienses con una grey de ovejas y hacia abajo, por el Támesis, flotan las barcazas engalanadas, se escucha música de Händel mientras acá arriba, en Haymarket, desde una tienda de discos se escuchan las voces del conjunto Manfred Mann: *For every day, another head turns gray.*

En los parques, los viejos toman el sol reclinados sobre las sillas playeras, las viejas dan alpiste a los pajarillos transitorios, los jóvenes se tienden sobre el césped con el pecho desnudo y la camisa enrollada bajo la nuca, las parejas se besan y los niños se dirigen al zoológico, indiferentes al tumulto bárbaro de carreras de caballos, encuentros de lucha libre, peleas de gallos y torneos de arquería.

Cada edificio es sí mismo y todas sus transformaciones, hasta el origen el espacio vacío.

La ciudad está en llamas; la ciudad está totalmente construida; la ciudad es un campamento
romano, amurallado; la ciudad es un desolado
valle de arcilla, la ciudad, interminable, se extiende hasta los blancos acantilados de Dover.
Los fuegos del gran incendio aún no se apagan .

. . . .

. . . . Caminé
interminablemente. Mis pasos me llevaron hasta
el zoológico Regent's Park. Atardecía, pero aún
no cerraban las rejas. La bruma volvía a ascender
de los estanques; el pasto estaba fatigado por las
premuras y los ocios del verano. Tomé asiento en
una de las bancas verdes, frente a la jaula de los
osos. Los vi juguetear y luego dormirse. Lo recordé todo. Mi rostro era bañado por los últimos
rayos de sol de un memorable verano inglés.
Alrededor de mi casa en Hampstead un humo
fragante se estaría levantando desde los jardines
ondulados; florecerían los geranios y las marga-
ritas; las cortinas de lona habrían tomado el
lugar de las celosas puertas del invierno; los pastos estarían frescos, los sauces inmóviles, las es-
tacadas entre casa y casa recién pintadas y desde
Hampstead Heath llegarían las voces de los
niños en vacaciones. Brillarían los tejados y en
las cresterías anidarían las palomas. Algunos viejos cultivarían sus jardines. Yo debía regresar
temprano a mi casa en Pond Street, dejar mi
estudio de arquitecto en Dover Street, tomar mi
automóvil, ascender hacia la rutinaria comercia-
lidad de Camden Town y llegar a las colinas de
mi infancia. Emily, mi mujer, me pidió que lle-

gara a tiempo; George, nuestro hijo, celebra hoy su décimo cumpleaños. Sentí que en mi antebrazo una herida cicatrizaba.

Escuché pasos planos sobre la grava. Una mujer encinta se acercó a la jaula de los osos. Tenía una bolsa color café, de papel, manchada, en la mano. La seguía un relamido gato de angora. Extrajo de la bolsa pedazos de pan frito y los arrojó dentro de la jaula. Miró con satisfacción a los animales. Luego fue a sentarse junto a mí. Al principio no me habló. La miré de perfil. Creí recordar el sueño infatigable de esos ojos, la obstinación libre y enferma de esos labios, la palidez oriental de la piel; en las manos, un brillo de astro moribundo.

Habló sin mirarme; miraba al gato y lo acariciaba con una mano:

—Nino, bonito, suavecito, mimado, Nino…

Con la otra, iba arrojando sobre la grava cinco naipes gastados, antiquísimos; vi caer sus figuras: el búho, el tigre, la cabra, el oso, el dragón, mientras la escuchaba:

La canícula levantina es excitante y sensual. En los desiertos, nacen los mirajes. A él todos le seguían. Todos creían en sus palabras y en su presencia. Todos se dejaban seducir por su cólera viril, por su promesa de dulcísimos placeres; el cielo estaba lejos, él estaba cerca. ¿Cómo iba a resistirle yo? Él era un hombre completo; vivió poco, pero vivió bien. Era todo amor: mujeres, hombres, niños, cordero, vino, aceitunas, pescados. Cometió todas las transgresiones; en sus ojos brillaba la crueldad ambiciosa de un déspota oriental. Yo misma me ofrecí a él una noche. Él lo ha olvidado. Dice que recordarlo todo sería olvidarlo todo: volverse loco. Él sólo recuerda, incesantemente, los momentos simultáneos de su conciencia y de su asesinato. Vive encerrado para siempre en una recámara desnuda, de ventanas tapiadas, pensando al mundo, pensando a los hombres, esperando que un criado pase un plato de latón debajo de la puerta. Esperando su nueva encarnación. Pensándote a ti, que no existes, en un tiempo que aún no existe. Que quizá jamás llegue. Me ha olvidado. Por eso, no sabe que yo lo acompaño siempre; que yo reencarno, un poco antes o un poco después de él, en distintos cuerpos, como él lo quiso. Cuando no coincidimos, George, cuando él abandona una vida y yo me quedo encarcelada en mi cuerpo, entonces me siento muy sola, muy triste, y necesito compañía…

Me miró, y su mirada me heló la sangre. Tomó mi mano y su contacto heló mi piel. Pude observar sus zapatillas enlodadas . . . .
. . . .
. . . .
. . . . Siger de Brabante, teólogo magistral de la Universidad de París, denunciado por Étienne Tempier y por Tomás de Aquino, huyó a Italia y se recluyó en una casa en las afueras de Trani, a orillas del Adriático, frente a las costas de la Dalmacia, cerca de los palacios y de los templos románicos rodeados de llanos amarillos. Allí fue asesinado

a puñaladas por un sirviente enloquecido en 1281. Algunos cronistas disputan la veracidad de esta fecha . . . .
. . . .
. . . .
. . . .
. . . .

Cumpleaños se terminó de imprimir en julio de
2008, en Priz Impresos, Sur 113-A. Mz. 33. lote 19.
Juventino Rosas. C.P. 08700, México. D.F.
Composición tipográfica: Miguel Ángel Muñoz.
Corrección: Mayra González y Bulmaro Sánchez.
Cuidado de la edición: Ramón Córdoba.